LENA SEGLER

Himbeermarmeladenduft

LENA SEGLER

Himbeermarmeladenduft

Was die kleinen Dinge
für unser Glück bedeuten

THIELE  VERLAG

Inhalt

Einstimmung

Am vierten Urlaubsmorgen sah ich ihn. Den Sonnenstrahl, der sich durch den kleinen Schlitz der Schlafzimmervorhänge zwängte. Tanzend kitzelte er einen der dunkelblauen Vögel auf der Tapete über dem Bett. Der Vogel schien im flackernden Morgenlicht lebendig zum Flug abzuheben. Der Sonnenstrahl hatte ihn sicher jeden Morgen geneckt. Wo war denn aber ich die ganze Zeit gewesen?

Es war Sonntag und völlig still im Zimmer. Die Zeit schien nicht weiterlaufen zu wollen. Dieser Moment war bedeutungsvoll, gänsehautmagisch.

Bedeutungsvolles wartet überall auf uns. Es liegt an uns, es zu bemerken, zu verinnerlichen und zu genießen. Wir benötigen dafür die Bereitschaft, es auch wirklich aufnehmen zu wollen.

Irgendwann habe ich mich in einer stillen Minute gefragt, an welche bedeutungsvollen Details der vergangenen zwanzig Jahre ich mich noch erinnern konnte, und leider war es nicht viel.

Ich fand, es war höchste Zeit anzuhalten, meine momentane Lebensweise zu hinterfragen und zu handeln. Ich entschloss mich, sofort zu beginnen.

Bedeutungsvolles können wir nur dann wirklich wahrnehmen und verinnerlichen, wenn wir das Tempo drosseln, uns in Langsamkeit üben und verharren lernen. Es bedarf auch einer Änderung der Denkweise. Anstatt Negatives zu betonen, könnten wir uns angewöhnen, wirklich Wichtiges hervorzuheben und uns daran zu erfreuen. Oder unsere Lebensweise zu vereinfachen. Kompliziertes Denken nährt sich an einem komplizierten Umfeld, innere Klarheit und äußere Übersicht unterstützen sich gegenseitig. Auch die Kunst, sich nur auf einen Moment, eine Erinnerung, einen Gegenstand, einen Gedanken oder eine Begegnung zu konzentrieren, ist für das Wahrnehmen von Bedeutungsvollem wichtig. Völlig ehrlich zu sich selbst zu sein, sich und sein Verhalten wohlwollend kritisch zu hinterfragen und sein Ego zu bändigen hilft, wirklich Bedeutungsvollem nahe zu kommen.

Um unsere Denk- und Handlungsweise zu ändern, ist Ausdauer und ein starker Willen vonnöten. Jeder kann selbst sehr viel zu Richtung und Inhalt des eigenen Lebens beitragen. Wirklich mutig zu leben bedeutet anzuhalten und sich die momentane Situation ehrlich vor Augen zu führen. Die Verantwortung für das eigene Leben zu übernehmen, das Änderbare zu ändern und die eigene Einstellung zu Dingen, die sich nicht ändern lassen, zu überdenken. Sich bewusst in die Richtung des Bedeutungsvollen zu begeben, macht das Leben von Tag zu Tag besser. Das ist keine Flucht vor Problemen, sondern ein bewusstes, gezieltes Streben nach einem guten Leben.

Manchmal gibt es Situationen, die einen zuerst zur Verzweiflung zu treiben scheinen. Anstatt ihnen durch ständiges Grübeln Kraft und Macht zu geben, können wir tatsächlich vieles, das uns zu schaden droht, mit purer Willenskraft in den Schatten stellen und aktiv daran arbeiten, Probleme aus dem Weg zu räumen.

Oft verhalten wir uns so, als ob wir ewig leben würden, und vergessen im Alltag unsere Sterblichkeit. Dinge, die sinnlos und gleichzeitig zeitraubend sind, stehlen uns wertvolle Lebensjahre. Langsamkeit und die Konzentration auf nur eine Sache stehen jedoch in der westlichen Gesellschaft nicht mehr hoch im Kurs. Deshalb passiert es auch so leicht, dass der Multitaskingstrudel uns mit sich zieht und das Tempo immer schneller wird, um in möglichst kurzer Zeit möglichst viel zu schaffen. Dann wird das ganze Leben zu einem Erledigen, zu einem Abhaken von Dingen, und schon ist es passiert, dass wirklich wichtige Dinge an uns vorbeirauschen.

Manchmal kann eine schmerzhafte Bauchlandung den Anfang einer Veränderung auslösen. Es kann beispielsweise passieren, dass jemand in ein Arbeitsmeer mit vielen schreckhaften, ängstlichen und mutlosen Wesen gerät. Dort schwimmt ein fetter Hai in Menschenform. Nach monatelanger Verfolgungsjagd schafft er es, den Tintenfisch aufzustöbern, und beißt ihm einen Tentakel ab. Dieser kann sich gerade noch zu seiner Höhle zurückschleppen und sich dort verkriechen. Er blutet und leidet monatelang, kränkelt vor sich hin und wird ganz farblos vor Schwäche. Es kommt zu einem völligen Stillstand. Dann, ganz langsam, streckt der Tintenfisch vorsichtig einen Tentakel aus der Höhlenöffnung und wagt sich schließlich ganz heraus. Die Bisswunde ist verheilt, und siehe da: Jetzt wächst schon ein kleiner Tentakel nach, der jeden Tag ein wenig größer wird. Er ist sogar stärker und schöner als der alte, denn er hat die Fähigkeit, Bedeutungsvolles wahrzunehmen.

Dieser Tentakel könnte dieses Buch geschrieben haben.

Ich erzähle von Bedeutungsvollem, von kleinen, wertvollen Alltagsdingen, die wie Perlmutt in der Sommersonne schillern und ein Lächeln hervorzaubern. Tiefschürfende philosophische Gedanken habe ich bewusst beiseitegelassen. Es ist nämlich viel schöner, beim Lesen selbst über deren Bedeutung nachzudenken. Ein Beispiel: In der Beschreibung des Kochens von Himbeermarmelade geht es darum, dass – wenn man sich mit einer Sache Mühe gibt – diese Sache an Wert gewinnt. Wie einfach wäre es doch, ein Glas Marmelade im Laden zu kaufen! Der Punkt ist, dass es aber gar nicht um Leichtigkeit und Schnelligkeit geht, sondern um den Genuss des Tuns und das dadurch entstandene gutschmeckende Resultat, das es nirgendwo zu kaufen gibt. Im Marmeladenglas sind nämlich jede selbst gepflückte Beere, jeder Himbeerastkratzer auf der Haut, das dreckige T-Shirt, Sommerhitzenschweißperlen auf der Stirn, Ameisenbisse und die erfrischende Dusche enthalten.

Ich bin zweisprachig aufgewachsen und habe die ersten fünfundzwanzig Jahre meines Lebens in Deutschland verbracht. Dann zog ich für ein Jahr nach Finnland, um an einer Schule zu arbeiten.

Aus diesem Jahr sind jetzt schon zweiundzwanzig Jahre geworden.

Die finnische Kleinstadt Ylivieska in Nord-Ostbottnien ist ein bedeutungsvoller Ort für mich und meine Familie. Wir verbringen viel Zeit in unserem großen Garten am Fluss, und dort stehen auch oft eine Staffelei und ein Zeichentisch. Mein Mann Juha sowie unsere Töchter Anna (19) und Sofia (20) haben mir erlaubt, auch von ihnen in meinem Buch erzählen zu dürfen. Anna wohnt noch zu Hause, und Sofia ist im letzten Frühsommer nach Helsinki gezogen. Juhas Kinder Jemina und Jesperi sind schon berufstätig, besuchen uns aber häufig.

Lena Segler

Zellophangeknister

Das Klopfen an der Tür war behutsam und gleichzeitig willensstark. Es war ein mir unbekanntes Geräusch. Annas und Sofias Klopfer sind laut, wild und ungeduldig. Juha klopft nur einmal und auch nur dann, wenn er die Hände nicht frei hat, um seinen Schlüssel aus der Hosentasche zu ziehen. Juhas Mutter Elli klopft mehrmals leise, höflich und verhalten. Die Türklingel hat noch nie funktioniert, und anstatt sie zu reparieren, haben wir lieber einen gusseisernen Türklopfer an die Haustür geschraubt. Die meisten verstehen es auch, ihn zu verwenden, denn am Schildchen der Türklingel steht seit über zwanzig Jahren mit mittlerweile vergilbten, großen Buchstaben KOPUTA, was so viel wie BITTE KLOPFEN heißt.

An diesem frühlingsfrischen Bademantelsamstagmorgen standen drei Damen mittleren Alters vor der Tür und grinsten mich fröhlich an. Eine der Damen versteckte hinter ihrem Rücken etwas, das zellophanknisternd und ziemlich groß war.

Wir hatten uns zuletzt zur Besprechung ihrer Magisterarbeiten im Seminarraum getroffen. Statt mit eleganter Hochsteckfrisur und sachlichem Dozentinnenoutfit stand ich jetzt mit nachtverwuschelten Haaren und in japanischem Bambusmusterkimono vor ihnen. »Egal, es sind die inneren Werte, die zählen«, schoss es mir durch den Kopf, und mit einem gespielt selbstsicheren Lächeln bat ich sie einzutreten. Sie zogen im Flur ihre Schuhe aus, wie es hier in Finnland jeder tut. »Wir möchten uns bedanken!« Hierzulande duzen sich alle. Ulla reichte mir ein Olivenbäumchen in einem schlichten Terracottatopf. »Wir sehen, du hast hier ja schon einige Pflanzen«, sagte Marja lachend und sah sich um. Das stimmte. Um genau zu sein: Siebenundsiebzig Zimmerpflanzen. »Das wussten wir auch. Wir fanden dieses Bäumchen aber so schön, dass wir uns trotzdem dafür entschieden haben.« Die ballförmige Pflanze war tatsächlich einzigartig mit ihren graugrünen, länglichen Blättern.

»Sie wird einen Ehrenplatz bekommen«, sagte ich. »Hättet ihr Lust auf einen Kaffee?«

So saßen wir gemeinsam in der Küche und plauderten über den bevorstehenden Sommer und unsere Zukunftspläne. Schließlich baten sie um einen Gartenrundgang. »Moment, ich ziehe mir nur rasch etwas Warmes über!« In Jeans und Pullover fühlte sich das Ganze doch viel besser an.

Es war der erste richtig warme Tag nach einem schneereichen, eisklirrenden, dunklen und viel zu langen Winter. Wir begannen die Runde im Vordergarten. Der große Apfelbaum vor dem Haus hatte schon Knospen. Im Wipfel des Baumes sang fröhlich eine Amsel ihr Frühlingslied. Die Schiefersteinwege entlang wanderten wir langsam an erwachenden Büschen und Bäumen vorbei. Buschwindröschen streckten im Schutz des hohen Wacholderbusches ihre weißen Köpfchen in die Sonne. Gelbe und dunkelviolette Krokusse hatten sich durch die letzten Schneehaufen gezwängt und leuchteten uns entgegen. Ein Krokus hatte gerade Besuch von einer dicken Hummel, die mit ihrem Gewicht das Blümchen verbog. Beim Abbrummen der Hummel stellte sich der Krokus wieder auf.

Wir hörten das Frühlingserwachen: Die Natur knackte, summte, rauschte, sang und zwitscherte im warmen Wind vor lauter Lebenslust. Der Steinweg führte uns in den Garten hinter dem Haus mit der großen Rasenfläche und den hohen Ahornbäumen. Auch diese vier Riesen trugen schon zarte Knospen und würden in einigen Tagen blühen.

Die Bäume bilden einen Kreis, in dessen Mitte im Sommer immer ein Gartentisch und vier Stühle stehen. Das Blätterdach ist im Sommer so dicht, dass ein Kaffeepäuschen unter den Bäumen auch bei Regen möglich ist, ohne dabei nass zu werden. Ein Ahornregenschirm.

Das Gewächshaus in der Mitte des Gartens spähte schon ungeduldig nach Keimlingen und Zimmerpflanzen. Wegen möglichen Nachtfrosts würde es noch ein paar Wochen warten müssen. Wir liefen durch ein Hopfentor zum kleinen Pavillon. Dort wuchs ein Traubenhyazinthengrüppchen wie eine Schafsherde im Schutz des Kirschbaums. Die Blumen sahen aus, als würden sie sich gegenseitig wärmen und sich dabei lustig unterhalten. Auch die Mininarzissen neben dem kleinen Teich steckten neugierig ihre gelben Blumenperiskope in alle Richtungen wie kleine U-Boote, die erkundeten, ob schon Frühlingsland in Sicht war. Durch das japanische Gärtchen gelangten wir zum Fluss. Das Eis war schon gebrochen und das weiß schäumende Wasser rauschte wie in einem Frühlingstanz an uns vorbei. Es war, als ob der Fluss in der langen Winterpause gewaltige Kräfte angestaut hätte und sich jetzt wild austobte, um den Frühling willkommen zu heißen. Er ähnelt einem kräftigen Wikinger, der mit einem gebrochenen Bein viel zu lange hatte stillsitzen müssen. Jetzt traf er endlich wieder seine Freunde und feierte ausgelassen und lautstark das Leben.

Die drei Damen verabschiedeten sich. Wir wünschten uns einen Sommer mit viel Sonnenschein und Wärme.

Für diesen Tag hatten wir eine Wanderung geplant. Ein paar Stunden nach dem Besuch der Damen packt Juha sein Fernglas ins Auto. Juha, der lange, kräftige Mann, der statt viel zu reden lieber mit einem Käsebrot aufkreuzt, das er liebevoll mit einem Herz aus Paprikastreifen dekoriert hat. Der Mann, der im Barbapapa-T-Shirt (»Ist doch egal, was da aufgedruckt ist, der Baumwollstoff ist schön dick und es passt so gut«) und in abgewetzter Jeans beim Rasenmähen mit seinen schwarzen, kabellosen Marshall-Kopfhörern finnischen Punk aus den 90ern hört. Der Mann, der sich tagelang mit dem Schleifen, Malen und Schrauben eines Tischchens beschäftigen kann, weil halber Kram nicht gut ist. Er, der es sich abends in seinem Fußballzimmerchen bei Kaminfeuer auf seinem roten Recliner bequem macht, mit dem Hebelchen die Fußlage hochklappt und bald ein genüssliches Chipsknuspern hören lässt.

Goldfunkelnde Lebensfreude

Nach zwanzigminütiger Autofahrt waren wir angekommen und hielten am Parkplatz des Waldgebiets. Ein Schild mit der Aufschrift *Wanderweg* zeigte in Richtung Nadelwald. Der schmale Holzpfad führte durch ein tiefgrünes Tannenwäldchen über mehrere kleine Brücken zu einem Birkenhain. Dort standen rauschend die Bäume in frischem Frühsommergrün voller Erwartung auf den kommenden Sommer. Weiter ging es durch Mischwälder, in denen die Vögel im Chor ein Konzert gaben, Bienen brummten und das saftige Gras den Sommer willkommen hieß. Der Pfad schlängelte sich durch ein weites, bräunlich-gelbes Sumpfgebiet. Dann ging es bergauf. Immer weiter führte der Weg über Geröll, Wurzeln und Äste auf eine Anhöhe. Schließlich waren wir da. Vor uns erstreckte sich ein unendliches Waldgebiet in den schönsten Grüntönen. Dieser Ort brachte in seiner wilden Naturmacht alles Unnötige zum Schweigen. Hier erfasste die Seele das Wesentliche. In diesem seltenen, absoluten Moment sahen wir uns Hand in Hand schweigend an. In Juhas Blick spiegelte sich Großgeistigkeit und tiefe, goldfunkelnde Lebensfreude.

Während der Heimfahrt unterhielten wir uns über den Garten und beschlossen, am nächsten Tag das Gewächshaus für die Sommersaison bereit zu machen.

Die Porzellanblume

Es gibt immer einige Zimmerpflanzen, denen der lange, kalte, dunkle Finnlandwinter zu viel ist. Jedes Mal finden sich diese blattlosen Individuen im Mai im Gewächshaus wieder, dem Ort der Hoffnung, denn dort ist es warm, feucht und hell. So erging es auch einer Porzellanblume, die im März plötzlich alle Blätter verloren und aufgegeben hatte. Sie wurde umgetopft, zurückgeschnitten, die Wurzeln wurden gewaschen und in frische Erde gepflanzt. Nichts geschah. Sie wurde gegossen, gedüngt und ihr wurde gut zugeredet. Nichts. Anfang Mai war dann war über Nacht etwas geschehen. Ein Ästchen hatte zwei Blätter bekommen, die sich zart und hellgrün in Richtung Licht streckten. Um die Blättchen willkommen zu heißen, bekamen sie viele schöne Worte gesagt und zusätzlich auch mehrere vorsichtige Streicheleinheiten.

Auf dem Arbeitstisch im Gewächshaus stand ein blauer Becher mit einem Henkel in Form eines Engelsflügels, von Sami, dem Keramikkünstler. Der sorgfältig angefertigte Henkel zwang mich dazu, den Becher grazil mit Daumen und Zeigefinger anzufassen.

Der Becher mit dem Engelsflügelhenkel

Sami ist ein Töpfermaestro mit einem unerschöpflichen inneren Ideenvorrat. Vor langer Zeit nahm er einmal an einem meiner Deutschkurse teil, denn sein Ziel war es, seine Designbecher irgendwann auf den deutschen Markt zu bekommen. Einmal lud er mich in sein Studio ein. Dort präsentierte er mir mit einer unglaublich ansteckenden Begeisterung das, was er nach seinem Studium aus dem Nichts geschaffen hatte. Im Studio standen in hübschen, langen Reihen Becher mit Engelsflügelhenkeln, die auf den Brennofen warteten und die er beim Vorbeigehen zärtlich streichelte.

»Guck mal hier ... noch ein zweites Modell!« Es war ein Becher mit einem Fledermausflügelhenkel. »Wenn sie bei 1000 Grad roh gebrannt sind, bekommen sie eine Glasur, und dann werden sie noch einmal bei 1200 Grad gebrannt. Man weiß vorher nie ganz genau, wie es aussehen wird. Es kommt, wie es die Kunst eben will. Zufall ist doch etwas Schönes, oder? Hier ... sieh mal ... hier ist ein fertiger Fledermausbecher.« Er nahm ein schwarz glänzendes Meisterwerk vom Regal. »Und schau mal ... hier habe ich Engelsflügelbecher in verschiedenen Farben. Welcher gefällt dir am besten?«

Im Regal standen mehrere kunstvoll gestaltete Schönheiten. Besonders schön war der Becher in einem tiefen Blau. »Gut zu wissen!«, sagte er zwinkernd. »Ich habe auch noch mehrere andere Modelle in Planung.«

In der letzten Deutschstunde vor Kursschluss bekam ich von der Gruppe einen tiefblauen Engelsflügelbecher geschenkt.

Vor kurzem stand in einer Zeitschrift ein Artikel über Sami und sein Design. Jetzt bietet er auch Becher mit Henkeln aus keramischen Birkenzweigen, Krebsscheren, Libellenflügeln, Einhornköpfen, Beerenästen, Rentiergeweih, Schmetterlingsflügeln und Schwanenhälsen an. Sie werden sowohl in Finnland als auch im Ausland in exklusiven Boutiquen verkauft und natürlich auch in seinem eigenen Shop, der sich in der Innenstadt von Helsinki befindet.

Engelsflügel spielen immer noch eine Rolle in unserem Alltag. Und zwar in Form eines Tattoos.

Tattoos und Weihnachtsmannmusterunterhosen

Als Sofia noch hier im Norden wohnte, verbrachte sie viel Zeit mit ihrem Freund Joel. Er schmetterte zur Begrüßung immer ein gutgelauntes »Hallo« in den Raum, bevor er in Sofias Zimmer wetzte, wobei er beim Spurt ins Obergeschoss immer jede zweite Stufe übersprang. Er hatte auch die Angewohnheit, nach gemeinsamen Einkäufen die schweren Taschen aus dem Auto ins Haus zu tragen, und sich nach dem Essen, das er jedes Mal mit warmen Worten lobte, zu bedanken.

Zu Beginn mied er uns Erwachsene. Beim Antworten auf eine Frage sah er Sofia an und redete hibbelig schnell. Wie so viele junge Männer in seinem Alter war auch er sehr auf sein Aussehen und gewisse Statussymbole bedacht. Markenklamotten, eine lässige Frisur, coole Bewegungen, ein schnittiger, eleganter BMW mit allem möglichen Zubehör und schicker Extraausstattung gehörten natürlich dazu. Er hatte auch ein zierliches Tattoo mit einem Engel auf der Brust, das später noch Gesellschaft in Form von Blättern und Ästen bekam.

Es gab einige Momente, in denen trotzdem der kleine Junge durchschimmerte. So zum Beispiel, als er einmal an einer fürchterlichen Magen-Darm-Grippe erkrankte, es nicht mehr rechtzeitig nach Hause schaffte und tagelang gepflegt werden musste. Da lag er schlafend im Bett und umarmte die Teddybärwärmflasche.

Joel wurde von Anfang an komplett in die Familie aufgenommen und »durfte« alles mitmachen. Er bekam einen selbstgebastelten Adventskalender, nahm am Ostereiersuchen und an Spieleabenden teil und backte mit Sofia Pfefferkuchen im Partnerlook, freiwillig eingekleidet in Weihnachtspulli und lange Weihnachtsmannmusterunterhosen. Besonders angetan war er laut Sofia von einem eigenen Handtuchnamensschild in der Toilette.

Er lebte mit seiner Mutter und seinem Stiefvater, zu dem er nie ein warmes Verhältnis entwickelt hatte, etwa vierzig Kilometer von uns entfernt. Vielleicht genoss er gerade wegen seiner eigenen eher kühlen Familienverhältnisse unseren familiären Alltag. Seine Besuche wurden ständig ausgedehnter. Während eines Sommers wohnte er auch bei uns, denn er machte sein Praktikum in unserem Ort. In jenem Sommer trafen wir uns morgens oft in der Küche, und jetzt konnte Joel nicht mehr Sofia ansehen, wenn er etwas gefragt wurde. Manchmal tranken wir Kaffee zusammen. So langsam entspannte er sich, wurde gesprächiger und begann, Vertrauen zu entwickeln. Bisweilen schickte Joel mir sogar sympathische

WhatsApp-Nachrichten. Einmal ging es um eine Bewerbung, dann brauchte er einen Satz auf Italienisch, den sein Freund sich auf den Arm tätowieren lassen wollte, und dann wieder hatte er Liebeskummer.

Am Muttertag parkte wieder ein schnittiger BMW am Straßenrand. Sofia war mit ihren Freundinnen weg, das würde ihn enttäuschen. Aber es sollte anders kommen. Mit einer großen, dunkelroten Rose stand Joel vor der Tür. »Alles Gute zum Muttertag«, sagte er langsam, sah mir in die Augen und umarmte mich dann. »Dies ist mein zweites Zuhause geworden, und ich danke dir.« Er hatte auch eine Tafel meiner Lieblingsschokolade gekauft und überreichte sie mir mit einer schnellen Bewegung.

Diese Schokolade sparte ich mir für den ersten Apfelblütentag im Juni auf.

Unter Apfelblütenästen

Anfang Juni blüht der große Apfelbaum vor dem Haus. Die obersten Äste sind auf Balkonhöhe, und es ist schön, dort an einem warmen Frühsommertag die blühende Pracht zu bewundern.

An den Baumstamm stellten wir auch dieses Jahr eine alte Gartenbank. Oma hat einmal eine weiße Spitzendecke gehäkelt, die jetzt zusammen mit mehreren Kissen verlockend zu einem Päuschen unter dem Baum einlud. Auch Joels Schokolade lag schon auf der Decke. Dort unter dem Baum zu sitzen und ins Blütendach zu sehen, ist jeden Sommer ein Fest für die Sinne.

Dieses Jahr war der Baum ein einziger riesiger Blütenball. So üppig hatte er noch nie geblüht.

Die weißen, leicht rosa Blüten leuchteten gegen den hellblauen, wolkenlosen Himmel, lächelten sanft im Frühsommerwind und flüsterten: *Alles ist gut*. Hummeln und Bienen gaben gemeinsam ein Brummkonzert. Der Frühsommerwind trug süße Apfelblütenduftwolken heran und streichelte sanft die Wangen. Ein starker Windstoß ließ die Blütenblätter regnen, um uns zu sagen: *Genieße die Apfelblüte noch einen Moment.*

Die Blüten bewegten sich leicht im Wind. Ihre Bewegungen erinnerten an das gleichmäßige Wippen auf dem Schaukelstuhl, der bei uns im Wohnzimmer steht.

Das Designerstück

Das Telefon klingelte. Der Klingelton *James Bond Theme* ließ Böses erahnen. Auf dem Telefondisplay stand ULRIKA mit zwei Ausrufezeichen. Ach, du meine Güte. Wie kamen wir zu der Ehre? Es handelte sich um eine Freundin meiner Mutter, eine sehr auf Geld bedachte Dame, aus deren Mund unglaubliche Wortmengen herausströmten wie Kugeln aus einem kaputten Kaugummiautomaten.

Ich stellte auf Lautsprecher. »Hallo Ulrika!« Nach einer guten Viertelstunde Monolog mit dem Thema *Scheune säubern* kam sie zur Sache. Es ging um einen Schaukelstuhl, den sie uns für vierzig Euro verkaufen wollte. Er hatte angeblich jahrzehntelang in ihrer Scheune auf bessere Zeiten gewartet, bis er jetzt schließlich wegen einer Aufräumaktion ans Tageslicht befördert worden war. Juha machte eine *Kopf ab*-Geste, und ich musste mir ein Lachen verkneifen. »Wir könnten ihn uns ja einmal ansehen. Schick uns doch einfach ein Foto. Oh, bei uns klingelt es gerade an der Tür. Vielen Dank für deinen Anruf! Bis bald!«

Kurze Zeit später kam eine WhatsApp-Nachricht. Wir lachten. Die Sitzpolster waren völlig zerfetzt und der Holzrahmen vernarbt. »Vierzig Euro?« Wir grinsten uns an. »Nee.« Höflich antworteten wir mit einer SMS. »Nach intensiver Überlegung haben wir uns entschieden, den Schaukelstuhl nicht zu kaufen. Trotzdem vielen Dank für das Angebot.«

Doch wir hatten Ulrika unterschätzt. Kurz vor Weihnachten tauchte bei uns ein verbeulter, verrosteter Volvo mit provisorisch angeklebtem Rückspiegel auf. Eine drahtige Erscheinung mit spitzer Nase stieg zackig aus. Sie trug eine knallrote Wintermütze mit Ohrenklappen, die mit einem Band unterm Kinn zusammengebunden war. Ulrika. »Deine Mutter sendet schöne Grüße. Hier ist euer Weihnachtsgeschenk von ihr.« Sie lüftete die Plane des Autoanhängers. Es war der Schaukelstuhl.

Er stand jahrelang im Spielhäuschen, dem Sammelort für unnötige Dinge, bis eines Tages ein Werbeheftchen der lokalen Volkshochschule im Briefkasten lag. Es wurde ein Wochenendpolsterkurs angeboten.

»Das ist doch genau das Richtige! Juha, jetzt ist der Schaukelstuhl dran!« Ich verpasste ihm ein himbeerrotes, elegantes Polster. Juha schliff das Gestell ab und bemalte es mit weißer Holzlasur, die die Maserungen durchscheinen ließ. Dann wurde das frisch gepolsterte Sitzteil angeschraubt. Jetzt steht bei uns ein Schaukelstuhl im Wohnzimmer, der (fast) wie ein Designerstück aussieht.

Dieser Schaukelstuhl ist sehr beliebt bei dem Katzentrio Rudolf, Tigerson und Professor Lux, die auch gerne im Garten helfen.

Vierbeinige Gartenarchitekten

Das frisch umgegrabene Gemüsebeet wartete auf Kräuter- und Gemüsesamen, Kartoffeln und Zwiebeln. Ein paar Stunden später war alles gesät und gepflanzt, mit hübschen Schildchen markiert und bereit zum Wachsen. Auch die Katzen hatten von der frischen Erde Wind bekommen. »Vielen Dank, liebe Menschen, für diese wunderbare, riesige Katzentoilette!«, dachten sie offenbar, denn in den nächsten Wochen wurden die gerade ausgesäten Reihen mehrmals umgewühlt. Bis an vielen Stellen im Gemüsebeet die Saatreihen kaum mehr zu erkennen waren. Der Spinat machte einen kreativen Schlenker nach rechts, die rote Beete war mondförmig und die Mohrrüben bildeten einen Kreis.

Bei der Betrachtung des Resultats unserer Zusammenarbeit verstärkte sich im Kopf ein Gedanke: »Warum eigentlich immer gerade, langweilige Reihen? Katzen, ihr habt doch völlig recht. Pikieren muss ich auch nicht mehr.« Wochen später war alles so sehr gewachsen, dass die Reihen (und was davon übrig war) nicht mehr erkennbar waren. Rudolf, Tigerson und Lux betrachteten das Ergebnis. Saftiger Salat, riesige Mohrrüben, knackige Erbsen und faustgroße Kartoffeln. Es wurde zufrieden geschnurrt.

Dies war der erste Urlaubstag. Bald schon würden wir in der Sommerhütte sein. Bei diesem Gedanken durchströmte die Vorfreude den Körper wie die Wärme einer heißen Schokolade.

Steinberger verglimmt

Es gab da ein Problem, das einfach unlösbar zu sein schien. Vorwurfsvoll lag es auf dem Tisch der Sommerhütte in Form eines handgeschriebenen Artikels. Handgeschrieben deshalb, weil der Akku des Laptops in der Einöde nicht aufgeladen werden konnte, denn es gab keinen Strom. Wie eine viel zu schnell tickende Uhr war der Arbeitsrhythmus zu Beginn des Urlaubs noch völlig übermächtig, ich glaubte, auch unbedingt im Sommer noch schreiben und etwas erreichen zu müssen, um dann später »mehr Luft zu haben«. Trotzdem gab es da eine innere Barriere, denn nach dem zweiten Urlaubstag stockte der Schreibfluss. Die kreative Quelle verebbte. Mit anderen Worten: Es entstand nichts Sinnvolles. Doch anstatt das einzusehen, folgte ein krampfhaftes Weitermachen, frühes Aufstehen und frustriertes Durchlesen des schon Geschriebenen, das von mehrmaligem Kopfschütteln und Brummeln von Worten wie »Käse«, »so ein Mist«, »nicht zu fassen« untermalt wurde. Streichungen, Änderungen und Hinzufügungen folgten, aber es wurde trotzdem nicht besser. Der Artikel sah bald aus wie ein uralter Metalleimer, dessen zahlreiche Löcher provisorisch mit Isolierband überklebt worden waren.

Schließlich schweifte der Blick in Richtung Seenlandschaft. Eine kleine Bootsfahrt würde guttun, ganz allein, bevor die anderen aufwachten. Thermoskannenkaffee und ein paar Butterbrote landeten im Rucksack. Ich legte ab und näherte mich bald einer kleinen Insel. Dort wuchs am Ufer ein Baum, der sich gut zur Vertäuung des Bootes eignete. Ein Sitzplatz mit Grillstelle und einem hölzernen Unterstand warteten verlockend auf einer kleinen Anhöhe. Beim Auspacken des Proviants fiel der Artikel aus dem Rucksack. Wie war das möglich? Das Biest verfolgte einen sogar zu dieser Insel! Kurzerhand flog der Stapel in den Grill, und schon bald später fraß sich leise eine kleine Flamme am Papierrand hoch. Langsam verschwand das durchgestrichene und überschriebene Wortwirrwarr. Die Wörter »Auch Steinberger (2019, 15) richtet sein Augenmerk …« wurden erst braun, dann schwarz und verrußten schließlich völlig.

Meinen Bauch kitzelte von innen ein großer, schillernder, türkisfarbener Schmetterling. Tief drinnen stieg ein Lachen hoch, brach mit Urkraft aus und durchbrach die Naturstille. Das Echo lachte auch. Dann war es wieder still.

Nach einer Weile ruderte ich zurück. Ein Kranich sah mir nach. Ich beobachtete interessante Wolkenformationen und bewunderte eine knorrige Kiefer am Ufer. Rhythmisch knarrten die Ruder, durchschnitten den spiegelglatten See. Es war völlig windstill und ein wenig kühl. Es gab nur die gleichmäßige Bewegung, die Seenlandschaft, den Gesang der Waldvögel und den Anblick der dunkelblauen Trainingsschuhe am Boden des Bootes. Am Strand vor der Hütte wartete Juha am Ufer und zog mich an Land.

Ein paar Wochen später sprudelte mir der Artikel in einem Stück aus den Fingern und erreichte den Empfänger noch am selben Abend. Danach kroch ich zum Entspannen ins Tagtraumzelt und betrachtete die interessanten Strukturen der Tagesdecke, die als Dach diente.

Das Tagtraumzelt

Ein Tagtraumzelt ist eine selbstgebaute, kleine und sichere Welt mit Sommermagie. Bei uns entsteht im Sommer auf dem Balkon oft eine zeltartige Höhle, in deren schummrigem Licht man auf Matratzen und Kissen vor sich hindösen und tagträumen kann. Das Muster des Tagesdeckendachs, die Bequemlichkeit der Kopfkissen und die Gartengeräusche bilden gemeinsam einen verlockenden Sinnesraum, der zum Schlummern verführt. Übernachten ist auch möglich, und am besten geht es am Wochenende, denn dann drohen uns keine übereifrigen Rasenmähnachbarn und fanatischen Trimmerfreunde allzu früh zu wecken.

Nach einer Nacht im Zelt ist es schön, den Tag mit einem erfrischenden Bad im Fluss zu starten.

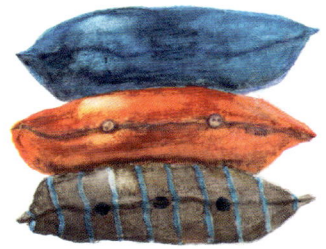

Vom Fluss aus mit Menschen plaudern

In dieser Gegend Finnlands bricht das Eis meistens Mitte April, und schon einige Wochen später springt Anna in den Fluss und »zieht ihren Wintermantel aus«, wie es im Finnischen heißt, wenn man zum ersten Mal im Jahr in einem offenen Gewässer schwimmen geht. Die anderen Familienmitglieder ohne dergleichen Wikingereinstellung ziehen ihren Wintermantel erst im Juni aus, wenn die Sommersonne das Wasser ausreichend erwärmt hat. Es muss ein heißer Tag sein, sonst klappt es mit dem entschiedenen Einsteigen nicht. Das Springen ins kühle Wasser ist nur ohne Zögern und Nachdenken zu schaffen. Ohne diese Entschiedenheit würden die Muscheln und Fische noch zwei Stunden später warten und zusehen, ob dieser Mensch da oben jetzt endlich ins Wasser kommt oder nicht.

Nach einigen Schwimmzügen freundet sich der Körper mit der Wassertemperatur an und möchte nicht mehr raus. Immer weiter geht es, bis auf einmal schon die Flussmitte erreicht ist. Dort gibt es eine Erhebung aus

Steinen, die wohl die Strömung gebildet hat. Sie ist leicht zu finden, denn die große Weide am Ufer ist auf derselben Höhe und deshalb eine gute Orientierungshilfe. Meistens geht es aber direkt bis zum gegenüberliegenden Flussufer. Manchmal sitzen dort auf dem Steg andere Leute, die gerne ein bisschen plaudern. Eine biertrinkende Männergruppe, eine sich sonnende junge Frau, ein händchenhaltendes Liebespärchen, ein Hundebesitzer im Rentenalter und ein rüstiger Damenclub gehören zu den bislang interessantesten Menschen, mit denen man ins Gespräch kommen kann.

Das Flusswasser hat einen Schlammboden und ist deshalb braun, was aber nichts über dessen Qualität aussagt. Es ist humusreich. Daher wohnen hier Flusskrebse, Fische und Muscheln und ganz in der Nähe auch ein Otter. Letztes Jahr schnatterte dort sogar eine Entenfamilie. Die Bräune des Wassers hat zur Folge, dass nach dem Schwimmen die Hautfläche einem Gorillapelz ähnelt: Es ist gnadenlos jedes Hauthärchen zu sehen. Eine Dusche ist da ratsam.

Für die Katzen ist der Flussstrand ein aufregender Ort. Wasserläufer bewegen sich mit leichten Schritten auf der Wasseroberfläche. Libellen schwirren durch die Sommerluft und Fischschwärme schwimmen vorbei. Besonders Kater Rudolf genießt das Leben auf dem Bootssteg.

Die unerwartete
Liebeserklärung

Rudolf ist eine freie Seele und liebt das Leben in der Natur. Nur einmal pro Tag lässt er sich zum Fressen blicken, streicht einem verführerisch ums Bein und verschwindet dann wieder im Unterholz. Wenn die anderen Katzen darauf warten, abends einen guten Schoßplatz zu bekommen, um gekrault und gestreichelt zu werden, pirscht Rudolf lieber durch den Garten und fängt Mäuse und Insekten. Manchmal in der Nacht, wenn Rudi sich unbeobachtet fühlt, legt er sich ganz dicht an einen Menschenkörper oder manchmal sogar auf den Bauch und schnurrt wie ein Rasenmäher. Rudi ist ein ungeschliffener Diamant. Das Liegen auf dem Bauch hat etwas sympathisch Unelegantes und Ungeübtes. Der Kater ist ein bisschen wie ein cooler Rocker, der seine Gefühle in der Öffentlichkeit nicht preisgeben will, aber trotzdem Nähe braucht. Die holt er sich nur in der Dunkelheit und ohne Publikum.

Letztens tauchte Rudi im Gewächshaus auf. Er hatte wieder die Sommernacht draußen verbracht und Lust, am allmorgendlichen Frühstück teilzunehmen. Behutsam kam er auf Samtpfoten näher, suchte Augenkontakt, sprang auf den Schoß, machte ein paar etwas grobe Stupsbewegungen mit der Nase und begann laut schnurrend mit dem Milchtritt, indem er mit seinen Pfoten auf

41

dem Schoß herumknetete. Dann rollte Rudi sich schließlich genüsslich zusammen und schlief zufrieden seufzend
sofort ein.

Dort saßen wir dann inmitten von Tomaten, Gurken,
Chilis und Basilikum und hörten der Stille zu, die nur ein
paar Mal durch gemütliche Katzengeräusche unterbro-
chen wurde. Rudis Fell glänzte schimmernd in der Mor-
gensonne in faszinierenden Braun- und Grautönen.

Im Gewächshaus hing eine Kunstausstellung von Gar-
tenschaufeln, Harken, Scheren und Zangen. Eine der
Gartenscheren fiel inmitten der grünen, holzbraunen
und schwarzen Geräte durch ihre Pinkfarbe auf. Sie ist
ein Geschenk von Heidi.

Heidi

Heidi ist ein faszinierender Mensch. Sie ist rosa, pink und pastellgrün, sehr weiblich, extrem spontan, sie mag Engel und Federboas, schicke Frisuren, teure Kleider, Seide und Glitzerpailletten. Sie bewegt sich tänzerisch durch ihren Alltag und lacht dabei. Sie ist ein Original und herzensgut.

Wir trafen uns zum ersten Mal vor etwa fünfundzwanzig Jahren beim Schlittschuhlaufen an einem klirrend kalten Januarnachmittag, wo sie mich auf einer Bank sitzend mit einem makellosen Lächeln begrüßte und mit ihrem eleganten Handschuh auf den freien Platz neben sich tippte. Ihr Gesicht war eingerahmt von einem hellen Kunstpelzkragen, dessen Härchen sich im Januarwind bewegten und auf denen sich kleine Eiskristalle gebildet hatten. Sie trug eine weiße Daunenjacke, die das Blau ihrer Augen wunderbar betonte. Wir plauderten eine Weile, bewegten unsere eiskalten Zehen und verabredeten uns auf eine heiße Schokolade in der Stadt. Es war, als ob wir uns schon immer gekannt hätten. Heidi ist einer der seltenen Menschen, die ohne Erklärungen verstehen. Es existiert ein stilles Verständnis, das durch den Körper und das Wesen entsteht und für das die gesprochene Sprache nur teilweise vonnöten ist.

Wir unternahmen Dinge, die nur wir zusammen tun konnten. Wir schwammen am frühen Abend bei Dämmerlicht im Stadtpark zwischen Seerosen und gurrenden Fröschen, tanzten bis zur Sperrstunde, unternahmen Abendkleidbootstouren mit Edelproviant, schrieben Gedichte und lasen sie uns bei Kerzenschein vor. Wir machten in einer kleinen Wohnung mit dem Rastazopf-Gianni und seiner Carola zu psychedelischen Klängen esoterische Bewegungen und lachten hinterher so, dass uns die Bauchmuskeln wehtaten. Wir backten tanzend Schokoladenkekse und tranken dazu Champagner.

Irgendwann zog Heidi in den Norden Finnlands. Manchmal rief sie mitten in der Nacht weinend an, wenn sie Sorgen hatte, dann wieder klingelte sie auch mal unerwartet und stand vor der Tür wie ein kleiner Vogel, der Schutz und Liebe brauchte.

Heidi ist leidenschaftlich. Sie ist wie der Lebensbaum von Gustav Klimt, voller Bewegung, Freude und Hoffnung. Diese lachende Wunderfrau hat sich trotz vieler Rückschläge nie unterkriegen lassen. Sie ist wie eine Boje, die im Sturm immer wieder zur Oberfläche zurückfindet. In Heidis Gegenwart verschwinden alle Schranken, siegt die Schönheit des Lebens. An ihrer Seite fühlt sich das Leben frei an. Sie ist ein so pures und tolerantes Naturkind, dass das Selbst des Gegenübers sich ungefiltert heraustraut. Jetzt ist sie glücklich in Norwegen mit ihren Söhnen, ihrem Mann und dem kleinen Hund Bellarosa, den sie immer mit einem pinken Haargummi frisiert.

Heidi liebt das Wasser. Wenn sie uns mit ihrer Familie besucht, möchte sie immer zuerst in den Fluss zum Schwimmen.

Mitternachtsschwimmen

Es war schon kurz vor Mitternacht und immer noch so hell, dass *Der Sinn des Lebens* ohne Nachttischlampenlicht lesbar war. Im Zimmer stand die Julischwüle wie ein heißer, unbeweglicher Block, und es war trotz des weit aufgerissenen Fensters unerträglich warm. Plötzlich kam Anna voller Elan ins Schlafzimmer gestürmt. Im Bikini und in ein Handtuch gehüllt verkündete sie: »Komm, lasst uns alle zusammen zum Mitternachtsschwimmen!« Ihr Freund Timi lugte mit seinen freundlichen Knopfaugen vorsichtig über ihre Schulter.

Der Sinn des Lebens durfte jetzt eine Weile auf dem Tischchen warten. Juha war eindeutig auch schon mobilisiert worden. Er wartete in Badehose auf dem himbeerfarbenen Fast-Designerschaukelstuhl im Wohnzimmer. In seiner Miene las ich Erwartung und amüsierte Genervtheit. Auch Heidi und ihr Mann Tom, die bei uns zu Besuch waren, kamen gerade in Badeausstattung und

ausgelassener Stimmung aus ihrem Zimmer. Heidi trug einen rosa Badeanzug, dessen goldene Troddeln beim Gehen hin und her wippten. Tom sah ihr bewundernd nach. Sofia und Joel standen lachend auf der Veranda und warteten.

Wir liefen zusammen durch den dämmrigen, schlummernden Garten bis zum Steg. Der Fluss lag dort bei völliger Windstille ruhig vor uns. Anna sprang sofort und ohne zu zögern mit einem Kopfsprung ins Wasser. Wir taten es ihr nach. Steggeknarre, Jauchzer und Lacher durchbrachen die Stille. Rudolf guckte vom Steg aus sicherer Entfernung verwundert zu.

Nach dem Schwimmen aßen wir Walderdbeeren in der Dämmerung und gingen schlafen.

In dieser Nacht erwachte nach langer Pause endlich die Inspiration.

Blau, Gold und Waldgrün spachteln

Während einer extrem arbeitsreichen Phase schlummert die Inspiration irgendwo tief drinnen und wartet darauf, dass der Sturm sich legt. Daran ist nicht zu rütteln. Sie kann einfach nicht hervorgelockt werden, wenn der Kopf voller Termine ist, einen die Deadline plagt oder eine wichtige Arbeitsreise inklusive Seminarvorträgen bevorsteht. Erst wenn der Saum der Langeweile erreicht ist, fallen ein paar zarte Lichtstrahlen in ihre Schlafhöhle. Dann öffnet sie erst das eine, dann das andere Auge, hebt ihre Nase und schnüffelt, bis sie vorsichtig in Richtung Höhlenöffnung kriecht und behutsam die Tür weiter aufschiebt. Sie vergewissert sich, dass der Sturm tatsächlich vorbei ist, und wagt erst dann, die Tür ganz aufzuschieben.

Dann ist es, als ob ein Staudamm bricht. Über lange Zeit hat sich eine starke Kraft gebildet. Plötzlich erscheinen vor dem inneren Auge Farben und Formen. Farbtuben, Papierkisten, Tuschkästen und Metallfolien tummeln sich auf dem Zeichentisch. Zeitschriften werden durchgeblättert, Kunstbücher gelesen, und es geht raus in die Natur, damit sich herrliche Pflanzen, Tiere und Landschaften ins Gedächtnis einnisten können.

Es folgt die Schaffensphase. Das Zimmer sieht aus wie ein kreatives Schlachtfeld, und die Welt versinkt in tiefem

Blau, Gold und Waldgrün. Es existieren nur der Spachtel und die Pinsel, mit denen in tiefer Malversunkenheit eine Landschaft entsteht, in der ein Spaziergang Spaß machen würde. Oder ein Garten entsteht, dessen Blumen fast zu riechen sind, dessen Blätter fast fühlbar und dessen Hummeln fast hörbar sind. Oder ein Park entsteht, in dem fast das Lachen der spielenden Kinder zu hören ist und in dem beinahe die Bewegungen der Kinder zu sehen sind. All das sprudelt jetzt mit gewaltiger Kraft heraus.

Danach folgt in fleckigen Latzhosen eine glückliche Betrachtung des Ergebnisses. Hier und dort kommen noch ein paar Striche oder Punkte dazu. Nachts schweben in der inneren Traumwelt Wellen, Strand, Goldfolienschimmer und Ölfarbengeruch, Federn, Katzendreiecksnasen, Blütenblätter und Spachtelkratzgeräusch durch den Raum. Und die tiefblaue Stille mit Lichtsprenkeln. Gleich nach dem Morgenkaffee geht es weiter.

Noch viele Wochen lang war das Malen auf dem Balkon möglich, denn es war ein sehr heißer, regenloser Sommer. Der Balkon auf der Nordseite des Hauses war der einzige schattige Ort zum Malen, denn dort wehte ein angenehmer, kühlender Wind.

Regennasse T-Shirts

So einen trockenen Sommer hatte es in Finnland schon seit Jahrzehnten nicht mehr gegeben. Die Sonne brannte gnadenlos auf Pflanzen, Tiere und Menschen. Die anfängliche Sommerbegeisterung schlug nach vielen Hitzewochen in ein ständiges Suchen nach Schattenplätzen, Wasser und Kühle um. Auch in den Nächten sank die Temperatur nur um wenige Grad. Die Fenster blieben nachts auf, und trotz sehr leichter Bekleidung lief uns der Schweiß am Körper entlang. Die Katzen schleppten sich schlapp durch den Garten. Sie aßen kaum etwas, sondern tranken nur Wasser aus ihren Näpfen und suchten im Schatten der Bäume Schutz vor der Hitze. Zum Glück war es möglich, mithilfe einer Pumpe morgens und abends den gesamten Garten mit Flusswasser zu gießen. Nur so konnten die Blumen und Kräuter, die Pflanzen im Gemüsegarten und im Gewächshaus, die Büsche und Bäume überleben. Acht Wochen am Stück war es extrem warm.

Doch dann geschah es. Es bahnte sich eine dunkle Wolkenwand an, und die ersten Regentropfen fielen. Dann ging es richtig los. Wir liefen hinaus und ließen uns vollregnen, lachend, das Gesicht und die Arme Richtung Himmel gestreckt. Der Regen fühlte sich auf der Haut warm und angenehm an. Die Erde duftete aromatisch, der Garten atmete auf. Die Pflanzen streckten mit ihren

wassergeperlten Blättern in phantastischen Grüntönen
ihre Glieder und triumphierten.

An diesem Abend kamen unsere Freunde Matti und
Marja, mit denen wir unter dem Ahornregenschirm bis
tief in die Nacht zu Abend aßen und das Leben feierten.
Die staubige Luft war vom erfrischenden Sommerregen
gereinigt, und das Atmen fiel uns wieder leicht.

Katzenweckmethoden

Lux ist eine Gourmetkatze und sehr bedacht auf geregelte Essenszeiten. Um spätestens halb acht muss es Frühstück geben, sonst greift sie zu bestimmten Maßnahmen. Der gemeinsame Abend unter den Ahornbäumen hatte sich am Vorabend hingezogen, denn wir hatten uns bis in die Nacht unterhalten. Jetzt gab es das Frühstück nicht zur gewohnten Zeit.

Jemand sprang aufs Bett und kam ganz dicht heran. Im Halbschlaf war Katzenatemluft an der Wange zu spüren. Dann begann das Katzenschwanzklopfen am Bein. Auch das Drehen auf die andere Seite nützte nichts, denn das Klopfen ging weiter. Die alte Strategie, überhaupt nicht zu reagieren, würde das Biest schon zum Aufhören bringen. Von wegen. Jetzt kletterte jemand auf den Rücken und schnurrte betont laut. Das Ganze wurde noch durch eine Pfotenmassage untermalt. Im nächsten Stadium schritt das Untier zu einem kraftvollen Hin- und Herlaufen und Überspringen. Das Gewicht des Störenfrieds und die Ausdauer waren eindeutige Zeichen dafür, dass es sich nur um Lux handeln konnte. Und tatsächlich, da saß die schwarzweiße Landplage auf Augenhöhe und sah mich auffordernd und gleichzeitig zuckersüß und unwiderstehlich an. Lux. Seltene Spezies. Rasse: Apportierende Schinkenkatze mit Eichhörnchenpinselohren. Schwarzweiß mit Fellwirbel auf dem Rücken.

Wohlgenährt. Hört auf dreizehn Namen, darunter Spock und Batman.

Bei den ersten Schritten in Richtung Küche rannte Lux in unglaublicher Eile die Treppe hinunter und stoppte am Fressnapf, sodass die Hinterpfoten ausscherten wie ein Auto bei einer Glatteisnotbremsung. Nach dem Füttern rief uns das Wohnzimmersofa verlockend zu einem Nickerchen. Lux kam dazu und rollte sich zufrieden schnurrend auf dem Bauch zu einem Katzenknäuel zusammen. Wir schliefen noch ein Stündchen oder zwei.

Am Nachmittag klopfte es an der Tür und ein kleines Mädchen kam herein.

Die Bitte um Sonnenschein

Die kleine Ella aus dem Nachbarhaus zog ihre Sommerschühchen aus und stellte sie ordentlich im Flur neben Juhas riesige Treter. Sie war vier und wir hatten uns zum Malen verabredet. Endlich hatten wir einen Augenblick zu zweit. Oft, wenn sie mit ihren Eltern und ihrem kleinen Bruder zu Besuch kam, war dafür keine Zeit, denn dann war immer Trubel.

Im großen Zimmer warteten schon verlockend die Malblöcke, Stifte, Pinsel, Wassergläser und Tuschkästen. Ella öffnete vorsichtig den großen Kasten mit den Buntstiften, und ihre Augen weiteten sich vor Erstaunen.

»So viele Farben!« Sie sah mir fragend in die Augen.

»Ja natürlich, bediene dich.«

Ella nahm einen roten Buntstift aus der Kiste und zog vorsichtig den ersten Strich. Sie zeichnete in völliger Konzentration ein fröhliches, erstaunlich detailliertes Gartenbild mit Tieren, Blumen und lächelnden Menschen. Wir sprachen kaum etwas, sondern arbeiteten still und verstanden uns prächtig. Sie bat um einige Libellen und einen Wolkenhimmel, und dann gab sie mir einen gelben Buntstift. »Ich bitte um Sonnenschein!«

Irgendwann gingen wir in die Küche, um eine Pause zu machen, und verspeisten Erdbeereis mit frischen Früchten. Später gingen wir zu den Wasserfarben über. Wir malten gemeinsam das Meer, Ellas kleinen Bruder, einen Bären und Kater Rudolf. Während wir die Bilder trocknen ließen, gingen wir ins Gewächshaus, um die Pflanzen zu gießen, die in der Sonnenhitze schlappmachten. Mit einer kleinen Froschgießkanne holte Ella sich Wasser aus der Tonne vor dem Gewächshaus und goss fürsorglich das Basilikum und die Gurken. Wir fanden auch eine reife Tomate, in die sie herzhaft biss: »Mmh«. Später gingen wir wieder ins Arbeitszimmer und begutachteten die getrockneten Bilder. Ella umarmte mich wortlos. Am Abend hielt sie ihre Bilder fest in den Händchen, lächelte und flüsterte zum Abschied: »Bis bald!«

Sie bekam noch einen kleinen Apfelsaft mit Strohhalm mit, den sie mit ihren Fingerchen gekonnt in das kleine, vorgestanzte Loch steckte. Zum Glück war der Saft gekühlt und schmeckte köstlich, wie sie fand. Wir hatten einst in ihrem Alter *Caprisonne* bekommen.

Warme Caprisonne

Auch bei uns im Ort gibt es einen Lidl. Eigentlich ist es unglaublich, dass es hier in der finnischen Einöde wirklich einen Laden gibt, der vollgestopft ist mit deutschen Kindheitserinnerungsgeschmäckern. Es ist jedes Mal erstaunlich, wie sehr sich in ihnen kleine Erinnerungswelten verbergen und wie detailliert die Bilder der Vergangenheit zum Vorschein kommen können. Türen zu alten Zeiten öffnen sich durch einen Keksgeschmack oder ein bestimmtes Eisaroma. Um aber auch wirklich ein Vergangenheitsgeschichtchen wiedererleben zu können, muss es zwischen dem Kindheitsschmecken und dem Erwachsenenschmecken eine lange Pause geben, sonst klappt es nicht. Ebenso wichtig ist es, einen Kindheitsgeschmack nur selten zu erleben und für lange zeitliche Abstände zu sorgen, sonst verblasst nämlich die Erinnerung und verschwindet irgendwann völlig. So erging es mir mit Kinderschokolade.

Auf einmal gab es im Lidl Caprisonne im Zwölfer-Pack, die wir natürlich kauften. Allein schon die Packung erweckte ein erstes Bild.

Meine Schwester und ich sitzen im orangefarbenen Ford Taunus auf den muffigbraunglänzenden Kunstledersitzen. Zwischen uns sind unsere Bettdecken und Kissen mit dem Marienkäfermuster. Wir sind schon seit Stunden un-

terwegs. Von vorne schiebt sich langsam eine Mutterhand
mit Proviant durch die Vordersitze. Mist. Käsebrote und
braune Bananen. Wir hatten uns etwas Besseres erhofft.
Dann schiebt uns die Mutterhand noch etwas anderes zu.
Silber-blau-orange Tütchen mit angeklebtem Strohhalm.
Ungekühlte Caprisonne Orange.

Die Packung sah vierzig Jahre später immer noch genauso aus wie damals. Zu Hause am Küchentisch setzte ich mich an den Tisch, löste den Strohhalm von der
Packung, steckte ihn in das vorgestanzte Loch auf der
Vorderseite und probierte.

Im wackeligen Auto den Strohhalm in das kleine Loch
zu stecken ist ziemlich schwierig, und es passiert häu-
figer einmal, dass der Strohhalm hinten wieder heraus-
kommt. Dann tropft aus dem Loch auf der Hinterseite
beim kleinsten Drücken der Tüte der Saft heraus, und
schon ist die Hose verklebt. Warme Caprisonne löscht den
Durst nicht so richtig. Proviant hin und her, alles nicht so
wichtig. Hier reisen wir im Bananen-Käsebrot-Caprison-
nenreiseduft und freuen uns schon auf die Fahrt mit dem
Schiff. Vorne dudelt irgendein Schlager auf Schwedisch,
den Mama wegen seines eher zweifelhaften Inhalts nicht
übersetzen möchte. Das finden wir bescheuert. Der Hin-
tern tut vom langen Sitzen weh. Das Malbuch ist schon
voll, und die Pixi-Bücher können wir auswendig. Au-
tospiele werden gespielt, und zwischendurch ist uns so

langweilig, dass wir uns streiten. Endlich kommen wir zur Fähre und steigen in der Autowarteschlange aus. Es riecht nach Teer und Salzwasser. Möwen kreischen, und die Sonne scheint. Bald geht es ins geliebte Finnland, dem Sommerland der Freiheit und der langen Nächte.

Genau diese Erinnerung hatte ich beim ersten Schluck. Nach einigen Minuten hatte sich der Geschmack süß und auch ein bisschen nostalgisch im Mund eingenistet und die Caprisonne-Packung lag ausgesogen und flach auf dem Tisch. Nur der weiße Strohhalm lugte noch aus dem Loch. Dieser kleine, feste Strohhalm wäre doch ein ideales Hilfsmittel für ein neues Aquarellprojekt.

Strohhalmformationen

Der Aquarellkurs hatte gerade erst begonnen, als die Lehrerin uns mitteilte, sie könne wegen starker Rückenschmerzen nicht weiterunterrichten. Eine Vertretung sei schon organisiert. Unsere gemütliche, ruhige, betagte Lehrerin verabschiedete sich. Schade. Dieser Aquarellkurs war schon Sommertradition. Wir konnten vor uns hinmalen und hatten unsere Ruhe. Unterricht konnte es nicht genannt werden, es war eher ein Herumdümpeln in der Malklasse, aber das störte uns nicht mehr, denn wir waren es ja schon seit Jahren gewohnt. Die Stimmung ähnelte einem schwerfälligen, unbeweglichen Rhinozeros, das sich gegen jegliche Entwicklung sträubte, da es sich nur in der gewohnten Schlammsuppe wälzen wollte.

Am nächsten Morgen stürmte voller Elan ein junger Mann in den Kunstsaal. Seine Energie strahlte in jede Richtung. »So, dann wollen wir mal!« Tatkräftig schlug er die Hände zusammen und rieb sie dann genüsslich aneinander. Eine der Teilnehmerinnen zuckte beim Klatschgeräusch zusammen. Am ersten Tag öffnete er uns anhand einiger seiner eigenen Kunstwerke die Welt der vielfältigen Anwendungsweise von Aquarellfarbe und demonstrierte uns Techniken, von denen wir noch nie etwas gehört hatten. Besonders angetan war er von der Zahnbürstenspritztechnik. Er hatte durch Abdecken und Bespritzen des Papiers interessante Bilder von Großstädten entstehen lassen.

Dann sollten wir ein männliches Aktmodell in Croquis zeichnen, erst in dreiminütigen, später in zweiminütigen Skizzen. »So, nun verwenden Sie bitte Tinte zum Skizzieren!«, rief der Kursleiter. »Und jetzt spritzen Sie!« Wir sollten tatsächlich mit einer Wasserspritze auf den Skizzen herumspritzen. »Sie werden sehen, es hat einen ganz fantastischen Effekt. Spritzen Sie, spritzen Sie!« Wir spritzten. Das Resultat war ein weinendes, verschwommenes Aktmodell. »Bravo! Ja, genau so!« Wir begutachteten unsere Skizzen skeptisch lächelnd. Er machte die Runde. Auf meinem Bild floss gerade langsam und zielbewusst eine blaue Flüssigkeit an einer strategischen Stelle des Männermodells hinab. »Ja, wunderbar, ganz wund ...« Wir grinsten uns breit an, er winkte ab und begann zu lachen. »Befreien Sie sich von alten Denkmustern, sonst kommen Sie nicht weiter! Und jetzt kolorieren Sie bitte noch den Hintergrund. Schrägstriche machen das Gesamtbild dynamischer. So ... sehen Sie.«

Er schnappte sich die Skizze einer Teilnehmerin, tunkte seinen Pinsel in Orange und zog mit schneller, gekonnter Bewegung einen Schrägstrich. Die Teilnehmerin setzte schon zum Protest an, sah dann aber das Ergebnis und brummte: »Mhm.«

Am nächsten Tag war die Gruppenstimmung schon am Morgen heiter und beschwingt. Unser Lehrer hatte Strohhalme mitgebracht. »Kennen Sie schon die Pustetechnik? Nein? Na, dann kommen Sie mal, ich demonstriere sie Ihnen. Sie nehmen sich etwas Aquarellfarbe, machen einen Farbklecks auf die Unterseite des Papiers, und dann ...« Er pustete kräftig auf den roten Farbfleck, den er soeben auf dem Papier hinterlassen hatte. Es bildete sich eine interessante Aststruktur. »So können Sie unbegrenzt Äste herstellen. Das Gute daran ist, dass Sie vorher nie wissen, in welche Richtung sie genau wachsen werden. Ist Zufall nicht etwas Schönes?«

Während dieses Kurses entstanden mehrere Bilder mit neuen Techniken. Das Schönste war jedoch eigentlich die lebensfrohe, beschwingte Stimmung, die er hatte entstehen lassen, und das gute Gefühl, das noch viele Wochen nachwirkte. Im Laufe des Sommers entstanden auf dem Balkon mehrere Aquarellahornbäume, deren Äste mit der Strohhalmtechnik gemacht waren. Ahornblätter. Sie erinnerten an einen Morgen mit Rudi.

Wasserläufergymnastik
und Erbsenköpfe

Es war ein früher Julimorgen, und mit einer Tasse Kaffee und zwei Marmeladenbroten ausgerüstet war es schön, den Tag am Fluss zu beginnen. Kater Rudolf war natürlich mit dabei. Es war noch still um halb sieben, die Welt wachte erst auf. Auf der Wasseroberfläche waren fünf Wasserläufer bei ihrer allmorgendlichen Gymnastik. Wir blieben noch einen Moment und schauten in Richtung Sonnenaufgang. Auf dem Fluss lag ein dunstiger Schleier. Rudi schnurrte ein bisschen. Dann gingen wir los, um das Gemüsebeet zu erkunden. Ein Sommersturm hatte zerfetzte Ahornblätter auf der Erde verteilt, die wir jetzt einsammelten und in den braunen Unkrauteimer warfen.

Dieses Jahr war das Gemüsebeet kreisförmig. In der Mitte wuchsen Stangenbohnen an einem Gestell aus vier hohen Bambusstöcken. Die Pflanzen hatten die Stöcke schon gefunden und schlängelten sich an ihnen empor. Das runde Beet wurde von einer kreisförmigen Kartoffelreihe eingerahmt. In den Beeten hatte sich schon Unkraut ausgebreitet. Mit einer kleinen Harke war das Säubern der Pflanzenreihen einfach. Die Zeit existierte nicht. Es gab nur Erde, Pflanzen, Vogelgesang, Rudolf und den Morgenduft. Die Erbsen steckten ihre kleinen Köpfe aus der Erde, und auch der Dill hatte das Licht der Welt erblickt. Die regennasse Erde war dunkelbraun, ja fast schwarz, und ließ das zarte Grün der Pflänzchen aufleuchten. Rudi kam angeschnurrt und stupste meine Wange mit seiner kleinen rosa Nase an. Wir waren zufrieden mit dem Ergebnis.

Die Hintertür des Hauses öffnete sich rumpelnd. Juha kam mit zwei Kaffeebechern auf die Veranda. Zusammen gingen wir zur alten, flechtenbewachsenen Gartenschaukel, die im Schutz von Lebensbäumen und jungen Ahornbäumen sonnenbeschienen und windgeschützt der beste Platz für einen Morgenkaffee ist. Juha hatte tatsächlich meinen Lieblingsbecher ausgewählt.

Der Vogelmusterbecher

Für Menschen, die die Geschichte des Vogelmusterbechers nicht kennen, ist er nur alt und ziemlich unscheinbar, aber eigentlich ist er viel mehr, dieser blaugrüne Becher mit dem Pflanzen- und Vogelmotiv von William Morris. Eigentlich ist er aber wie ein Opa, der mich schon seit langer Zeit begleitet, der viel über mich weiß, aber dichthält und der mit mir durch Dick und Dünn gegangen ist. Dieser Freund hat schon an unzähligen Frühstücksmomenten am Fluss und langen Schreibsitzungen teilgenommen. Er ist ein selbstloser Freund, der einen nie im Stich lässt, sondern immer still, zuvorkommend und mit der ihm eigenen Eleganz am Geschehen teilnimmt. Er grübelt mit, wenn das Schreiben scheinbar in der Sackgasse gelandet ist. Er freut sich mit, wenn eine freudige E-Mail gekommen ist. Er leidet mit, wenn Unrecht geschieht oder etwas nicht funktioniert. Er lacht mit, wenn etwas Lustiges passiert. Dieser fantastische Becher stand im Juli 2001 im Shop des British Museum in London und wollte mit. Seitdem sind wir unzertrennlich.

In diesem Shop gab es auch unwiderstehlich eingepackte Seifen. Eine davon schmückt jetzt mit ihrem schön bedruckten Papier das Badezimmerregal.

Seifendufterinnerungen

Die Handseife am Waschbecken war aufgebraucht. Es standen mehrere neue zur Auswahl. Fast alle waren Erinnerungsstücke von Reisen: eine handgefertigte Seife mit Mandelduft von der Reise in die Niederlande, ein in Mohnblumenpapier eingeschlagenes Seifenstück von einem Wochenmarkt in Rom, eine nach Grapefruit duftende Seife aus Mariehamn von der Reise im letzten Sommer, ein Weihnachtsgeschenk mit Zimt- und Apfelsinenaroma von einer guten Freundin, eine Erdbeerseife aus dem British Museum in London und eine Apfelseife aus einem Ökoshop in Reykjavík.

Nach langem Beschnüffeln, Betasten und Erinnern fiel die Entscheidung auf die Seife aus Rom. Es war spannend, vorsichtig die Klebestreifen des Papiers zu lösen und sie schließlich herauszuheben. Das Stück war ganz leicht rosa, fast naturweiß, und auf der Oberseite war ein Emblem eingestanzt. Sie duftete nach Sommerwiese und erinnerte an das hübsche Hotelzimmer mit Balkon.

Die Seife hatte damals mehrere Tage auf dem Tisch des Zimmers gelegen. An ihrem Geruch haftete die Erinnerung an die Ausflüge, an das flimmernde Licht, an den Pfirsichbaum im Garten und an die hügelige, pinienbewachsene Landschaft. Jetzt lag sie am Waschbecken und erzählte ihre Geschichte.

Bald stand die Reise zu Sofia nach Helsinki an. Vielleicht würde es ja auch im Botanischen Garten von Helsinki eine Reiseerinnerungsseife geben.

Tanzendes Basilikum

Die Zugfahrt von der Kleinstadt Ylivieska nach Helsinki
dauerte viereinhalb Stunden. Dort lebte Sofia, die im
Mai Abitur gemacht hatte und jetzt für ein Jahr die große weite Welt entdecken wollte. Sie jobbte in einem Restaurant und wohnte seit ein paar Monaten in einer kleinen Wohnung im Zentrum der Stadt. Im Zug reisten
mehrere Pflanzenableger mit, die sie sich gewünscht hatte: Zwei verschiedene Sorten von *Epipremnum aureum*
(Efeutute) sowie *Hedera helix* (Efeu) schaukelten im Takt
der Zugbewegungen vor sich hin. Auch zwei Basilikum-
pflanzen aus dem Gewächshaus tanzten lustig mit. Sie
wuchsen in ehemaligen Tomatensoßendosen mit der Aufschrift *Mutti*. Passte doch gut. Im Koffer waren mehrere
kleine Überraschungen, unter anderem zwei Zucchini
aus dem Garten, die Sofia so gerne mochte, ihre Lieblingsschokolade und ein Aquarell.

Es war heiß im Abteil. Zum Glück spendete der kleine Tischventilator Erfrischung. Gut ausgerüstet mit Le-
ckereien in einer kleinen Kühltasche, wunderbaren Bü-

chern, Musik und Filmen war die Fahrt ein echter Genuss. Was für ein Segen, dass es Kopfhörer gab, denn so war es möglich, mit *Happy Instrumental* durch die Natur zu brausen. Saftig bunte Sommerwiesen rauschten vorbei. Die Sommerhitze flimmerte über den Feldern. Ein paar Rehe standen am Waldrand und sahen uns gelangweilt wiederkäuend nach. Wir ließen Wälder und Dörfer hinter uns. Und da waren sie wieder, die Schmetterlinge im Bauch. Dieses Mal waren sie zitronengelb mit goldenen Pünktchen und flüsterten: »Sofia, bald sehen wir uns endlich wieder! Lass uns zusammen ganz viele schöne Dinge erleben!«

Sofia stand am Bahnhof und winkte mir fröhlich zu. Zuerst fuhren wir mit der Straßenbahn zu ihrer kleinen Wohnung und machten uns danach in die Stadt auf, um schöne Plätze zu erkunden und um eine Schlafgelegenheit zu kaufen.

Luftpumpenglück

Wir hatten zum Glück noch eine Luftmatratze gefunden. Schlapp und glücklich kamen wir nach einem ereignisreichen Tag in Helsinki in Sofias kleiner Wohnung an. Es wäre tatsächlich angenehmer, die Nacht auf einer eigenen Schlafgelegenheit zu verbringen und nicht nebeneinander in einem schmalen Bett. Die Luftpumpen waren ausverkauft gewesen, aber das hatte uns nicht weiter gestört. »Dann pusten wir sie eben auf.« Auch der Kommentar der Dame an der Kasse (»Meinen Sie das ernst? Na, dann viel Spaß heute Abend!«) ließ uns nicht aufhorchen.

Beim Auffalten bemerkten wir, dass die Matratze 150 Zentimeter breit und die Pumpöffnung so groß war, dass man sie auf keinen Fall aufpusten konnte. Wir sahen uns verzweifelt an. »Wir brauchen eine Pumpe.« Sofia surfte nach anderen Filialen derselben Kette und es stellte sich heraus, dass es in der Nähe, nur zwei Metrostationen entfernt, noch ein Geschäft gab. Es würde um sieben Uhr schließen. Jetzt war es zwanzig vor sieben. Wir rannten. Die U-Bahn fuhr gerade ein. Wir schafften sie noch. Wir fuhren zwei Stationen. Wir rannten wieder. Jetzt war es sieben vor sieben. Wir fanden das Geschäft. Wir durchforsteten die Regale. Plötzlich ein triumphierender Ruf: »Hier ... hier!«

Überglücklich kauften wir die Pumpe und trugen sie abwechselnd zur Wohnung wie einen Schatz. Noch nie

hat sich das Aufpumpen einer Luftmatratze so gut an-
gefühlt wie an jenem Abend. Wir probierten sie abwechselnd aus und lachten über das Pumpenpiepgeräusch
und den Gummigeruch der Matratze.

Nach der Pumpaktion hatten wir einen Bärenhunger. In
der Wohnung war es unerträglich heiß, und wir beschlossen, für einen Moment zum Abkühlen in den nahegelegenen Park zu gehen.

Im New Lotus Center

Es war einer dieser Abende bei über 30 Grad. Wir saßen auf einer Parkbank und überlegten, wohin wir gehen sollten. Wir hatten Lust auf chinesisches Essen. Nachdem Sofia kurz im Internet gesurft hatte, fand sie ein passendes Restaurant, das zu Fuß in knapp zehn Minuten zu erreichen war. »Wir können es uns ja das *New Lotus Center* mal ansehen.« Bei *New* dachte ich an eine moderne Einrichtung. *Center* hörte sich nach mindestens einhundert Sitzplätzen und Komfort an. *Lotus* suggerierte Exotik.

Wir liefen los, fanden es und schauten vorsichtig hinein. Es ähnelte einem in Helsinki gestrandeten chinesischen Straßenrestaurant. Grelle Neonröhren erzeugten eine kalte Stimmung, und die Einrichtung bestand aus geschmacklos zusammengewürfelten Möbelstücken. Vor dem großen Fenster standen aufgestapelte Pappkartons mit der Aufschrift *Noodle Sauce*. Sie dienten als Blumentisch für eine Zimmerpflanze, die dort vor lauter Durst vor sich hin kränkelte.

Wir sahen uns an. Sofias verhaltenes Grinsen sagte mehr als alle Worte und brachte mich zum Lachen. »Aber ich bin so hungrig!«, rief sie. Also gut. Wir betraten das *New Lotus Center*. Es war eng und heiß. Außer uns gab es keine Gäste. Eine ältere, kleine, chinesisch aussehende Frau mit kurzem, violett gefärbten Haar trabte im Laufschritt an, begrüßte uns auf Finnisch mit stark chinesischem Akzent und überreichte uns mit lauten, schwer verständlichen Erklärungen die Speisekarten. Kurze Zeit später installierte sie rechts und links von uns zwei Ventilatoren und gab uns mit Gesten und Wortsplittern zu verstehen, dass wir bloß nicht den Ventilator unseres eigenen Tisches anschalten sollten, denn er würde unser Essen abkühlen. Wir bestellten, und das Essen wurde uns kurze Zeit später von einer extrem langsamen, gelangweilt aussehenden jungen Chinesin serviert. Hinter ihrem Coronavisier murmelte sie so etwas wie »Appetit«.

Das Essen war hervorragend. Nach und nach trudelten mehr Leute ein, und nach etwa einer Viertelstunde war das Restaurant voll. Die Chinesin hatte volles Kommando über ihre Gäste. »Hallo Freund, wie immer oder was?« »Du musst dich umsetzen, hier ist es zu eng.« Alle parierten gehorsam lächelnd.

Sofia hatte ihre Portion nicht ganz geschafft. Die Chinesin tauchte auf, zeigte auf Sofias Teller, fragte laut »Doggy Bag?«, worauf wir gehorsam nickten. »Sixty Cents extra, okay?« Wir nickten wieder und zahlten. Die Kellnerin arbeitete mit uns haarklein die Rechnung durch und erklärte uns laut jede Summe. »Okay?« Okay. Sie räumte ab und tippelte weg. Bald kam sie mit dem eingepackten Essen zurück, knotete in Sekundenschnelle die obere Hälfte der Plastiktüte zu einem praktischen Tragegriff, pfefferte sie uns auf den Tisch, wünschte uns einen schönen Tag und verschwand im Laufschritt in der Küche.

Zur Erinnerung an diesen Restaurantbesuch liegt in meiner Schreibtischschublade eine rote Serviette mit der Aufschrift *Chinese Restaurant NEW LOTUS CENTER. Seltsame chinesische Curryspeisen.* Nächstes Mal, wenn wir in Helsinki essen gehen, werden wir wieder dieses Restaurant besuchen.

Drei Tage später nahmen wir Abschied voneinander. Es ist interessant, das eigene Zuhause nach einer Reise zu betreten. Schon durch eine kleine zeitliche Distanz ist es wie eine neue Welt. Dieses Mal war es besonders der Garten, der durch seine dschungelartige Üppigkeit auffiel. Konnten die Pflanzen wirklich in ein paar Tagen so sehr gewachsen sein?

Ameisenfreie Hosen und Bananenduschgel

Die Wege waren völlig zugewuchert, sodass ein Spaziergang durch den Blumengarten überhaupt nicht mehr möglich war. Sechs Schubkarrenladungen mit verblühten Blumen, Unkraut, Ästen und Blättern landeten an einem heißen Sommertag auf dem Komposthaufen. Ameisen attackierten aggressiv Arme, Beine und Füße trotz langer Ärmel, Hosen und Gummistiefel (wie schön ist das Gefühl, wenn die Ameise wieder den Weg aus der Hose findet!), denn sie wurden sauer, wenn ihre Nester beim Pflanzenrausreißen aufgewühlt wurden, was natürlich völlig verständlich ist. Zig Ameisenbisse an Armen und Beinen juckten fürchterlich. Sie sahen aus wie Brennnesselpusteln, dazu kam noch der Dreck und der Schweiß, der mir an Hals und Stirn herunterlief. Doch all das war kein Grund zum Aufhören.

Noch mehrere Stunden ging es weiter, und schließlich war die Arbeit getan. Die Wege waren frei. Ein Wohlfühlabendspaziergang mit Blumenbegutachtung war endlich wieder möglich. Büsche und Bäume hatten Luft zum Atmen und viele bisher unbeachtete Blattschönheiten kamen wieder zur Geltung. Auf den Blättern krabbelten Käfer und Spinnchen in faszinierend schillernden Farben.

Es macht Spaß, nach getaner Arbeit erschöpft und zufrieden mit einem Glas Johannisbeersaft auf der Gartenbank zu sitzen und die Beine auszustrecken. Und dann die Dusche, die sich nach so einem Tag viel wertvoller anfühlt! Sich mit der kratzigen Seite des Schwammes den Körper abzureiben, den Haarknoten zu öffnen und sich den Dreck und Staub aus der langen Mähne zu waschen, um dann schließlich mit Katze Lux auf dem Bauch ein Nickerchen auf dem Sofa zu machen und zu wissen, dass der Garten wieder schön ist – das ist ein sauberer, entspannender Schnurrmoment.

Am Abend machten wir einen Rundgang im Garten. Jetzt war es ganz leicht, auf den Schiefersteinwegen durch die Blumenbeete zu flanieren. Wir gelangten zum Spielhäuschen im hinteren Garten. Jemand hatte die Tür offengelassen.

Das hellblaue Salzteigklo

In Finnland gibt es in den Gärten vieler Einfamilien-
häuser ein Spielhaus für Kinder. So auch bei uns. Dort
staubte schon seit Jahren ein großes Puppenhaus vor sich
hin. Sofia und Anna hatten es einmal bekommen, als unsere alte Vitrine mit den Glastüren keine Funktion mehr
hatte und das Oberteil des Monstrums kurzerhand zu einem Puppenhaus umfunktioniert wurde. Die Töchter-
chen durften sich selbst die Farbe aussuchen, und die
Wahl fiel auf ein tiefes Pfingstrosenrot. Jetzt wurde ab-
geklebt und gemalt, und danach kam der schönste Teil
des Projekts, nämlich das Tapezieren der Wände, das
Bekleben der Fußböden und schließlich das Einrichten
der Zimmer, wozu unter anderem das Häkeln von Sofakissen und das Basteln einer gesamten Sofagarnitur gehörte.

Über Jahre stand das schöne Monstrum bei den Mädchen im Kinderzimmer, wurde eifrig bespielt und mit mehr oder weniger geschmackvollen Möbeln eingerichtet: Es waren sowohl schöne Holzmöbel dabei wie auch einige pinke Barbie-Kühlschränke und Badewannen (na und?) und mit den Jahren kamen auch selbstgebastelte Wunderwerke aus Salzteig dazu. Zu den absoluten Favoriten gehörte ein hellblau angemaltes Klo aus Salzteig. Es hatte Klodeckelscharniere aus Zahnstochern und Draht. Auch der Ofen mit Herdplatten aus Ein- und Zweicentstücken war damals sehr beliebt.

Irgendwann waren die Mädchen dann zu alt zum Spielen mit dem Puppenhaus und wollten es nicht mehr im Kinderzimmer haben. Deshalb landete es draußen im Spielhaus, manchmal kam Kinderbesuch, aber meistens stand es nur traurig und unbenutzt herum. Bis auf den letzten Sommer. Da nämlich besuchte uns eine Bekannte aus Künstlerkreisen mit ihren Kindern, die vom Puppenhaus gar nicht mehr wegzubekommen waren. Einige Tage später bekamen sie einen Anruf: »Hättet ihr für das Puppenhaus Verwendung?« Die Kinder antworteten mit einem kleinen Video, in dem sie fröhlich im Zimmer herumtanzten und »Ja, ja, ja!« schrien. Wenig später wurde es mitsamt dem gesamten Mobiliar abgeholt. Auch sie durften sich ihre Lieblingsfarbe aussuchen und entschieden sich für ein Sonnenblumengelb. Einige Wochen später kam wieder ein Video mit dem komplett renovierten Puppenhaus.

»Nestori«, fragte die Mutter, »welches Möbelstück findest du denn am besten?«

»Das hier.« Der kleine Junge streckte mit seinen kleinen Fingern das hellblaue Klo in Richtung Kamera und atmete laut. Es ist ein schönes Gefühl zu wissen, dass das Puppenhaus wieder geliebt wird.

Auch meine Töchter waren mit der Übergabe des Hauses einverstanden. »Ja, logisch. Hauptsache, jemand hat Freude daran.« Die zierliche, schlanke Anna kam in uralten Gesundheitsschuhen und mit bombastischem Motorradhelm auf dem Kopf zur Haustür hereingeschlappt. Sie hatte gerade das Visier hochgeklappt und Nestoris Video angeschaut.

Einige Stunden zuvor war Anna mit dem Scooter Zaukki abgebrummt, um schnell ein paar Getränke für die Party am Abend zu besorgen. Den überdimensionalen Helm hatte Sofia einmal während einer Schnäppchennacht für zwanzig Euro erstanden. Zaukki hieß das klapprige Gefährt wegen seines Nummernschilds ZAU-361. Mensch, Anna ... mit diesen Schuhen durch die Gegend zu fahren! Aber irgendwie auch verständlich, denn sie waren wirklich bequem.

Der Schuh mit dem Fleck

Der linke Schuh des Gesundheitsschuhpaars hat einen bräunlich gelben Fleck. Die Schuhe sind ständig in Verwendung, weil sie so bequem sind und auch deshalb, weil der Fleck an einen wichtigen Moment in der Kunstklasse erinnert. Es handelt sich nämlich um einen Tropfen Ätzlösung, der beim Herausheben eines Kupferstichs auf den Schuh fiel. Es war schon der vierte Versuch: ein kompliziertes Bild mit mehreren Techniken. Zeit zum Reinigen des Schuhs gab es nicht, denn das Betrachten des Resultats war viel wichtiger. Nach dem Säubern der Platte und dem Auftragen der Druckerschwärze presste sich die Abbildung mithilfe einer Walzenpresse auf das dicke, vorher angefeuchtete Papier. Der Moment, wenn das Papier auf der anderen Seite der Presse erscheint, ist voller Spannung: Wie ist es wohl geworden? Das wohlige Kribbeln im Körper kurz vor dem Anheben der Kupferplatte war kaum auszuhalten. Es ähnelte dem Gefühl kurz vor dem Auspacken eines Weihnachtsgeschenks.

Auch der drahtige Lehrer, der stark an Professor Bienlein erinnerte, kam dazu, fieberte mit, sagte hibbelig »Jetzt ... vorsichtig!«, machte beim Anheben der Platte in der Luft auch einige Hebebewegungen wie ein Luftgitarrenspieler und beäugte dann das Ergebnis. Lange Stille. Schließlich räusperte er sich leise und raunte dann mit einem Anflug eines Lächelns: »Ja. So soll es sein.«

Der Fleck erinnert mich immer an die Herstellung dieser Radierung und an die freudige Spannung kurz vor dem Anheben der Kupferplatte. Deshalb wird er auch niemals in Gefahr kommen, beseitigt zu werden.

Diese Schuhe erlebten an einem Sommertag eine schöne Überraschung, die etwas mit Blumen und Musik zu tun hatte.

Der Blumenfreund

Es war ein herrlicher Julitag. Auf dem Nachbarsgrundstück, das dem Wasserwerk gehörte, mähte jemand den Rasen. Ein junger Kerl saß auf einem Mähtraktor und düste damit durch das Butterblumenfeld. Er trug Kopfhörer, sang, machte rockige Bewegungen und trommelte in rhythmischen Bewegungen auf dem Lenkrad herum. Gleichzeitig mähte er kreativ angehauchte Formationen in den Rasen.

Er war um die Blumen herumgefahren, die sich von unserer Gartenseite auf die Seite des Wasserwerks ausgebreitet hatten.

In der Nacht träumte ich von ovalen Blumeninseln und wachte vor den anderen auf. Auf dem Fluss lag noch der Morgennebel in flachen Schleiern, die sich langsam über der Wasseroberfläche bewegten. Schwirrende Libellen hießen den Tag willkommen. Im Gewächshaus war es völlig still. Die Pflanzen wuchsen Tag und Nacht, denn es wurde im Sommer gar nicht mehr dunkel. Man konnte ihnen fast beim Wachsen zusehen.

Tomatenduft und Katzennasen

Im Wasserkübel vor dem Gewächshaus kämpfte ein kleines Insekt um sein Leben. Auf der Handfläche erholte es sich langsam, und nach einer kurzen Erholungspause flog es schließlich los. Im Gewächshaus war es um kurz nach sechs schon warm. Kater Rudolf, Katze Lux und Tigerson stupsten mit ihren Dreiecksnasen die Tür auf und schnupperten in der Luft herum. Es war völlig still. Die Tomaten trugen schon kleine Früchte, die Komposterde hatte ihnen gutgetan. Der starke Geruch von Tomaten, das satte Grün der Basilikumblätter, die kleinen Trauben der unterm Dach entlangkletternden Weinranke, die schwere, feuchte Luft, die Knospen der Chilipflanzen, die kleine Spinne, die ein kunstvolles Netz zwischen der Gurkenpflanze und dem hölzernen Arbeitstisch gesponnen hat – hier inmitten der Pflanzen zu sitzen ließ mich auch selbst wachsen; sie waren es, die mich mit ihren phantastischen Blättern, Blüten, Grüntönen, Düften und Früchten zu mir kommen ließen.

Inmitten der Pflanzen entstand im Kopf der Keim einer Idee für ein neues Bild. Ich würde ihn in der nächsten Nacht mit in den Schlaf nehmen, denn nachts geschehen im Kopf interessante Dinge.

In einer Welt aus Limonenfruchtfleischgrün und Meerwasserpetrol

Im Halbschlaf tauchte vor meinem inneren Auge ein Bild auf. Alle Farben und Formen waren völlig klar da: ein helles, frisches Grün wie Limonenfruchtfleisch, sehr dunkles Petrol wie tiefes Meerwasser, auch ein bisschen Zitronengelb und Weiß. Kurz nach dem Aufstehen gab es nur noch das Kratzen des Palettenmessers, den Ölfarbengeruch, die klaren, satten Farben und den Sommerwind, der den Geruch des Flusswassers bis zum Balkon trug. Stundenlang dauerte das, und es war, als ob das Bild mich malte und nicht umgekehrt. Zum ersten Mal fingen die Palettenmesser einen Moment am Flussufer ein, es war das Gefühl in Farben und nicht die Landschaft selbst, die da erschien. Etwas gefunden zu haben, auf etwas Neues gestoßen zu sein, füllte den Körper mit Entzücken: mit Bildern an Momente gebundene Gefühle auszudrücken und innere Welten zu malen, die anders gar nicht darzustellen sind.

Irgendwann verabschiedete sich das Bild, und die gewohnte Welt wurde wieder stärker. Müde und gleichzeitig erfrischt, glücklich und farbsprengselbedeckt die Pinsel zu waschen und die Zeitungspapiere vom Boden aufzusammeln, fühlte sich an wie der letzte Satz eines Barockkonzerts. Jetzt war es Zeit für eine Dusche und dann für ein Butterbrot und ein Glas Apfelsaft unter den Ahornbäumen.

Am Abend begann es in meinem Kopf zu schwindeln, aber der Grund war nicht die Hitze.

Drei Freunde in der Not

Das hohe Fieber wollte nicht sinken, und es machte den Körper und den Geist so schwach, dass nicht einmal Selbstmitleid aufkam, sondern einzig und allein der Wunsch, schnell wieder gesund zu werden. Der Haufen mit durchgeschwitzten Schlafanzügen wuchs vor dem Bett. Liebe! Fürsorge! Beistand! Hilfe! Da wurde es lauter, das Geräusch. Ein Schnurren. Ich öffnete die Augen und sah dicht vor mir ein atmendes rosa Dreieck mit schwarzen Punkten und dann gelbgrüne Katzenaugen, die mich durchdringend anschauten. Die Katze Lux hatte sich auf Augenhöhe neben mich gelegt und schnurrte wie Omas Nähmaschine. Auf meinem Bauch lag Tigerson und am Fußende Rudolf. Sie wachten über mich und erleichterten das Dasein mit bedingungsloser Liebe.

Ein paar Tage später ging es wieder. In Bademantel, mit schwachem Nachkrankheitskörper und leichtem Kopfschwindel öffnete ich die Tür in den Garten. Eine warme Sommerbrise lächelte uns freundlich entgegen. Vögel und Bienen gaben ein Sommerkonzert. Die Gartenblumen begrüßten uns in satten und prächtigen Farben: »Keine Sorge, wir sind noch da.« Ich machte mit den Katzen den ersten, kleinen Gartenspaziergang. Akelei blühte in Violetttönen vor dem Haus. Malven begrüßten uns in sattem Rosa. Die Himbeeren würden in den nächsten Tagen reif sein.

Himbeermarmeladenduft

Die Himbeerbüsche trugen voller Stolz ihre prachtvollen Beeren. Der ganze Vormittag war zum Pflücken und Bearbeiten dieser wohlschmeckenden, herrlich duftenden kleinen Wunder mit ihrer einzigartigen Farbe vorgesehen. Die Marmeladengläser standen schon in der Küche bereit. Die Himbeeren waren dieses Jahr besonders aromatisch und ziemlich groß. Es war viel schöner, Beeren in einem kleinen Becher zu sammeln, um sie dann erst in einen Eimer umzukippen. So war ein Arbeiten in kleinen Etappen möglich, und das Erlebnis, einen Behälter voll bekommen zu haben, wiederholte sich öfter.

Um den Genuss des Himbeermarmeladenkochens zu vergrößern, musste die Küche sauber und aufgeräumt sein. Klarheit und Übersicht steigerten den Genuss. Alles Überflüssige verschwand. Nur der große Stahltopf, ein Rührlöffel, eine Kelle, ein sauberes Handtuch, Marmeladengläser, ein feuchter Lappen, ein Marmeladentrichter, eine Grillzange und ein Teigschaber machten sich im Orchestergraben für das Himbeermarmeladenkonzert bereit. Die Instrumente wurden gestimmt. Dann ging es los. Die gewaschenen und noch nassen Gläser warteten im Ofen, wo sie sich bei hundert Grad Celsius auf den kommenden Höhepunkt ihres Marmeladenglasdaseins vorbereiteten. Beim Gießen in den großen Topf verbreiteten die Beeren ihren Duft vorsichtig wie Vorboten auf das kommende Festspiel für die Sinne: Das *Concierto Aran-juez* begann.

Die Hitze der Herdplatte, das Vermengen des Gelier-zuckers und das gleichmäßige Umrühren verwandelten die Beeren zu einer wunderbar tiefroten, himbeersamen-gesprenkelten Flüssigkeit. Die Himbeerfarbe und der duftende Marmeladendampf erfreute Körper und Sin-ne. Die Marmelade begann zu blubbern, es erinnerte mich an die heißen Blubberquellen in Island. Der Duft verstärkte sich. Im Kopf spielte Paco de Lucia *Entre dos aguas*. Ein kleiner Testtropfen auf einem Tellerchen ge-lierte. Die Marmelade war bereit zum Umfüllen. Mithilfe der Grillzange wurden die Gläser auf das ausgebreitete Handtuch gesetzt. Hinzu kamen die aufgekochten Deckel. Jetzt ertönte *Asturias* im Kopf und wurde immer schnel-ler. Mithilfe der Kelle und des Trichters füllten sich die Gläser mit himbeerroter Herrlichkeit. Jetzt war der rote Schatz in Sicherheit. Estas Tonne spielte *Strings of a Bard*.

Nach etwa einer halben Stunde war aus der Küche ein fröhliches Ploppen zu hören. Die Deckel hatten sich zugezogen. Jetzt war es Zeit für die Etiketten. Beim Durchstöbern der Aufklebersammlung kribbelte es mir in den Fingern. Dieses Mal waren schlichte, weiße Eti-ketten an der Reihe, die einen Stempelrand und eine Beschriftung in schwarzer Schönschrift bekamen. Das ruhige Sitzen am Küchentisch und das Aufkleben der Etiketten war einer der schönsten Momente des Projekts. Der Höhepunkt war jedoch, die noch warme Marmelade zu probieren. Joseph Haydns Konzert für Trompete in Es-Dur klang laut und fröhlich im Kopf, als ich mit geschlossenen Augen in das Toastbrot biss.

Durch die offene Tür klang ein Donnergrollen. Ein starker Windstoß bewegte die weißen Gardinen und die Blätter der Amazonaslilie im Flur. Sie streichelte mit ihren langen, dunkelgrünen Blättern die Mäuse, Vögel und Libellen der dunkelblauen Tapete, vor der sie stand.

Das Regentropfenprasselgeräusch

Draußen stürmte und heulte die wilde Welt. Ein warmer Augustregen verwöhnte die Natur mit erfrischendem Wasser. Das gemütliche Dachzimmer war wie ein von Kaminfeuer beleuchteter Lehnstuhl. Es roch sauber und nach neuem Anfang. Alles war aufgeräumt und geordnet. Bücher, Katzen, Kerzen, Pflanzen und Farben spendeten tiefe Freude und Geborgenheit. Hier passte alles zusammen. Grau, zitronengelb, beige, schwarz und weiche Grüntöne bildeten ein harmonisches Ganzes. Nur das Prasseln der Regentropfen auf dem Blechdach war zu hören. Die Nacht würde erholsam werden.

Am nächsten Morgen blinzelte die Sonne vorsichtig durch den Schlitz der Gardinen. Tigerson zwängte den Kopf durch den Vorhangschlitz, um durch das Schlafzimmerfenster eine Kohlmeise zu beobachten, die auf dem Ast der großen Eiche herumhüpfte. Auf dem Rasen lagen Zweige und Blätter wild verstreut von dem nächtlichen Sturm. Tigerson horchte auf und drehte die schwarz-weiß-braungescheckten Ohren nach hinten. Von unten war Musik zu hören.

Bob Dylan und blaue Finger

Es waren finnische Tangoklänge. Die Musik kam aus der Küche, denn dort lag das Handy, und der Klingelton gab klar zu verstehen, dass es sich nur um die Schwiegermutter Elli handeln konnte. In ihrer Stimme klang freudige Erwartung mit. »Du fährst doch wieder mit uns Blaubeeren pflücken, oder?«

»Klar, Elli.«

Seit ein paar Jahren wohnte sie mit ihrem Mann Hannu in einer kleinen Wohnung circa zwei Kilometer von uns entfernt. Als sie noch jünger und fitter waren, pflückten sie jedes Jahr mehrere hundert Liter Waldbeeren. Sie liebten das Beerenpflücken so sehr, dass sie sogar jeden Herbst nach Lappland zum Multebeerenpflücken fuhren und ihre Schätze dann später auf Märkten verkauften. Jetzt war ihr Haus mit dem schönen Gemüse- und Blumengarten verkauft, denn es hätte zu viel Arbeit und Kraft gekostet, sich darum zu kümmern.

In den letzten Jahren hatte sich unsere Freundschaft verstärkt. Elli ist eine starke Frau mit einem guten Herzen und einem außerordentlichen Gerechtigkeitssinn. Um dem Pärchen das Leben ein bisschen zu versüßen, haben sie bei uns auch ein eigenes Gemüsebeet für sich allein, wo sie ganz frei gärtnern können. Was Elli sich am meisten wünscht, sind Gesellschaft und sinnvolle Tätigkeiten. Sie blüht jedes Mal auf, wenn sie sich nützlich machen kann, und so haben wir schon zusammen Teppiche mit Kiefernseife gewaschen, für Sofias Abiturfeier gebacken und im Garten Pflanzen zurechtgeschnitten. Hannu stapelt auch manchmal mit Juha Kamin- und Saunaofenholz im Schuppen.

Als leidenschaftliche Beerenpflückerin ist Elli im Spätsommer kaum von unseren Johannisbeerbüschen wegzubekommen. Hannu pflückt auch mit. Seine Ernte ist so sauber (er zupft jede Beere einzeln vom Busch), dass sie ohne Putzen direkt eingetütet und eingefroren werden kann. Ellis Sehnsucht nach dem Beerenpflücken ist so groß, dass wir jeden Sommer ausgerüstet mit Eimern, Kopftüchern, Mückenöl, Gummistiefeln und Proviant mit dem Auto in den Wald fahren.

Wir verabredeten uns für neun Uhr. Um kurz vor acht tauchte ein rotes Auto auf. In weiser Voraussicht stand im Flur schon alles bereit. Elli, gefolgt von Hannu, sprang voller Energie vom Fahrersitz. »Los geht's! Fahr du!« Es war ein warmer, sonniger Morgen, das Thermometer zeigte schon einundzwanzig Grad und Tom Waits brummelte im Radio leise vor sich hin. Radio Nostalgia stand auf dem Display. Es dauerte nur gut zehn Minuten, bis wir schon mitten im Wald waren. Elli kannte eine geheime Superpflückstelle. Wir bogen in einen Schotterwaldweg ein und fuhren langsam an Mischwäldern, Kornfeldern, düsteren Tannen und hohen Kiefern vorbei. An Wiesenrändern blühten Weidenröschen in dunklem Rosa. Libellen und Zitronenfalter umtanzten sie mit einem heiteren Sommermorgentanz. Jetzt meldete sich Bob Dylan mit *It's all right, don't think twice*. Elli redete gut gelaunt und freudig aufgeregt ohne Unterbrechung: Sie hatte im Supermarkt günstige Wolle erstanden, und es hatte auch andere Schnäppchen gegeben (»Das Roggenbrot gab es dort für einen Euro, ist doch super, oder? Ich hab' gleich zwei gekauft und eins eingefroren«), sie listete das wöchentliche Programm des Seniorenzentrums auf (»Wir haben ein bisschen getanzt, hihi«) und erzählte auch, wie man am besten rote Bete einlegt.

Dann waren wir da. Stundenlang tigerten wir im Wald herum und machten zwischendurch Kaffeepause auf einem großen Stein. Moos und Flechten dienten uns als Polster. Die Finger färbten sich blau, und die Eimer füllten sich mit Blaubeeren, die dieses Jahr besonders groß und süß waren.

Stunden später waren die Eimer voll. Wir stapften in Gummistiefeln zum Waldweg zurück, und überglücklich setzte sich das Seniorenpärchen ins Auto. Hannu grinste mich mit einem breiten Blaubeerlächeln an. Er hatte im Wald probiert, das war an seinem Mund und den blaugefärbten Zähnen deutlich erkennbar. Ich grinste zurück.

Am Abend gab es Blaubeerkuchen mit Vanillesahne. Wir aßen ihn in der Küche in grünem Sommerregenschummerlicht. Es hatte wieder zu regnen begonnen. Dieses Mal war es jedoch ein freundlicher Sommerregen, der zu einem Regenschirmspaziergang einlud.

Das Rüschen-
regenschirmgefühl

Mit etwa sieben Jahren hatte ich den schönsten Regenschirm der Welt. Es war ein Schirm mit Rüschenrand und kleinen, violetten Blumen auf weißem Hintergrund. Es gab nichts Schöneres, als eingelullt in violette Blumenstimmung bei Regen unter diesem Schirm zu stehen und sich die Tropfen anzusehen, die auf den Stoff prasselten – dazu kam der Duft der Regenwelt und das Gefühl von Geborgenheit.

Das Muster blieb trotz langer Suche auf Flohmärkten, in Einrichtungsboutiquen, Kinderabteilungen und bei Google unauffindbar. Einmal kaufte sich Anna einen Bettbezug mit einem Blumenmuster, das ihm sehr ähnelte. Beim Betrachten überkam mich sofort das wohlige Rüschenregenschirmgefühl, stark und wohltuend. Genau wie Düfte, Geschmäcker und Musik blitzschnell Erinnerungen hervorrufen können, tat dieses Muster genau dasselbe. Manchmal, ganz unerwartet, melden sich die Kindheitsgefühle. Es ist, als ob es ein geheimes Kindheitsgefühlpostfach gibt, dessen Schlüssel sehr gut versteckt sind und die sich nur in ganz besonderen, seltenen Momenten wiederfinden.

Anna lieh mir den Bettbezug aus. Jene Nacht war ruhig und erholsam. Am Morgen betrachtete ich das Muster noch einmal und beschloss, die Suche aufzugeben und mich an der Erinnerung zu freuen.

Es regnete noch immer. Elli und Hannu verabschiedeten sich. Auch Juha und Anna verließen das Haus. Es war völlig still. Die grüne Sommerregenstimmung passte gut zu Klaviermusik und warmem Tischlampenlicht. Deshalb setzte ich mich ans Klavier.

Klimpernachmittage

Das Klavier stand jahrelang so gut wie unbenutzt am Ende des Flurs. Vier Bananenkisten mit Noten warteten in der Garage auf bessere Zeiten. Es war eigentlich unerklärlich, woran die innere Spielsperre lag. Eine Zeit lang nahm ich an, es läge an dem Gequengel der Familie. Wenn ich aber wirklich hätte spielen wollen, wäre es trotz des familiären Einspruchs auch geschehen. Der Spielstopp hatte einen anderen Grund. Zu dieser Einsicht kam ich eines Tages bei der Erinnerung an meine Klavierlaufbahn.

Es fing gut an. Mit sechs Jahren klimperte ich zum ersten Mal auf dem Klavier herum, bis ich mir ein paar Weihnachtslieder zusammengereimt hatte. Die Lehrerin an der Musikschule war nett, und das Spielen machte mir großen Spaß.

Meine Eltern beschlossen, meine Schwester und mich zur »musikalischen Förderung« zu einem Profi zu schicken. Es handelte sich leider um einen Choleriker, der ständig herumschrie und uns mit einem Stock auf die Finger schlug, wenn wir uns verspielten. Er wohnte zusammen mit seiner Mutter in einer alten Villa. Ich erinnere mich noch an die Wolke aus Veilchenparfüm, mit dem er sich immer eindieselte, und wenn er näherkam, um etwas in das Klavierheft zu schreiben, roch ich auch das Haarspray, mit dem er seine spärlichen dauergewellten Haare eingesprüht hatte. Kein Wunder, dass das Klavierheft *Der fröhliche Musikant* jetzt ganz unten in einer der Bananenkisten liegt. Als er mich einmal während der Musikstunde auf die Straße setzte, sah sogar mein Vater ein, dass die pädagogischen Fähigkeiten des Maestros zu wünschen übrigließen, und dann musste ich nicht mehr hin. Meine Schwester und ich rächten uns später an dem Lehrer, indem wir ihn einmal heimlich anriefen, laut in den Hörer atmeten, bis meine Schwester mit tiefer, beängstigend klingender Stimme »Tote reden nicht ...« in die Muschel hauchte und auflegte. Hinterher kringelten wir uns vor Lachen auf dem Teppich.

Danach hatten wir einen freundlicheren, geduldigen Lehrer, von dem wir viel lernten, aber selbst er konnte den düsteren Unterton, den die traumatischen Erfahrungen hinterlassen hatten, nicht vertreiben. Das Klavierspiel blieb ein Hobby mit einem schalen Beigeschmack. Es war wie ein nicht gut genug ausgewaschener Malpinsel, und der Versuch, klare, gelbe Linien zu malen, missglückte, denn er enthielt immer noch graubraune Farbe. Die Angst vor dem Falschspielen blieb haften.

Bis vor einem halben Jahr, als niemand zu Hause war. Vielleicht war die Pause lang genug gewesen. Jedenfalls schnappte ich mir einige Hefte mit einfachen Stücken und legte los. Nur für mich, aus reiner Freude am Musizieren, arbeitete ich mich so langsam wieder vor. Es war erstaunlich, dass es trotz immens langer Pause immer noch ganz gut ging. Mein spielerisches Können war wie

ein völlig eingestaubtes, ungeöltes, sonst aber einiger-
maßen intaktes Fahrrad, das jetzt aus dem Schuppen
geschoben wurde. Die *Suite Bergamasque* hört sich mittlerweile schon ganz passabel an.

Manchmal wird das Gegenwärtige von alten negativen
Erfahrungen beeinflusst. Sie sollten aber überhaupt keinen Einfluss haben! Das Problem liegt darin, dass oft gar
nicht klar ist, woran die innere Sperre und das eigene
seltsame Verhalten in eigenen Lebenssituationen liegen.
Wenn der Grund deutlich ist, ist auch ein Gegenarbeiten
möglich. Jetzt tat das Spielen gut. Das Klavier war auch
während vieler einsamer Corona-Tage ein rettendes In-
strument.

Macht's gut, ihr Trainingshosentage

Seit dem Beginn der Corona-Pandemie hatte sich die Eleganz verabschiedet. Schöne Kleider, Anzüge, Blusen und Hosen staubten im Schrank vor sich hin. Im Badezimmer warteten Haarnadeln, Spangen und Schmuck auf die Zeit der Freiheit. Sie alle harrten auf coronafreie Tage und auf die Rückkehr ins Büro. Alle riefen verzweifelt nach sozialem Kontakt.

In der Anfangsphase vermischte sich das Privatleben völlig mit der Arbeitswelt, und auch die Bequemlichkeit wuchs von Tag zu Tag. Es war ohne weiteres möglich, kurz vor Arbeitsbeginn aufzuwachen, um dann im Pyjama eine Anreise von vier Metern vom Bett zum Schreibtisch zu unternehmen und direkt mit einem Webinar zu beginnen. Eine Kollegin fasste das in einem Satz zusammen: »Es reicht, wenn das Oberteil gut aussieht.«

Nach einigen Wochen in Trainingshosen, T-Shirts und Wollsocken ging es nicht mehr. Das Gefühl erinnerte an die siffig-klebrige Atmosphäre beim Zeltcampen. Es fehlte nur der Gummigeruch der Luftmatratze, der Schlafsack und das schummrig-blaue Licht. An dem Morgen, als ich vor der Kamera wegen eines senkrechten Kissenabdruckstreifens mit dem Zeigefinger auf der Wange tiefes Nachdenken simulierte, entschloss ich mich zu einer radikalen Änderung. Auch das Essen beim Arbeiten ohne geregelte Pausen würde jetzt enden. Ein bisschen Klasse und Stil mussten zurückkehren.

Der Beschluss, jeden Morgen des Selbstrespekts und Stils zuliebe kultiviert zur Arbeit am eigenen Schreibtisch zu gehen, war die erlösende Rettung in jener Zeit, ohne die das Dasein in die Einbahnstraße der rapiden Verwahrlosung gelangt wäre. Deshalb klingelte der Wecker ab dem nächsten Morgen eine halbe Stunde früher als gewöhnlich, und die Kleider fanden wieder Verwendung. Zuerst war der schicke, schwarze Hosenanzug dran, dazu ein eleganter Nackenknoten und dezenter Schmuck.

»Wo musst du denn hin?« Anna und Juha sahen mich staunend an.

»Zur Arbeit. Tschüs!« Ich verschwand im Arbeitszimmer. Aus der Küche war verwundertes Raunen zu hören.

Das wiederhergestellte Kulturrückgrat hatte positive Auswirkungen auf das Tun. Es fühlte sich kostbarer und mehr nach Arbeit an. Gleichzeitig entstand durch das Outfit eine klare Grenze zwischen Freizeit und Büro. Auch ein kleiner Morgenspaziergang in Bürokleidung um den Block half, in den Arbeitsmodus zu kommen.

Die schönsten Kleidungsstücke warteten jedoch seit Wochen im Korb der ungebügelten Kleider.

Schillernde Knöpfe

Es gab immer etwas Wichtigeres zu tun als Klamotten zu bügeln. Als dann aber schon so gut wie alle Lieblingsstücke auf dem Kleiderhaufen lagen und im Schrank nur noch eher zweifelhafte Kombinationen hingen, wurde es höchste Zeit. Der Gedanke an ein mehrstündiges, nervtötendes Bügeln war unerträglich. Wie es dann doch ging und sogar mit Genuss? Durch pure Änderung der Einstellung. Ich dachte an eine Belohnung nach der Arbeit in Form eines Vollbads bei Kerzenschein mit Rotwein, Salzkeksen und Schokolade. Außerdem half die Einsicht, dass Bügeln als meditative Übung verstanden werden kann. Dazu kam der Gedanke, dass das Bügeln einen dazu berechtigt, nichts anderes tun zu müssen, und dass die Oase des heißen Dampfes und des Geruchs sauberer Stoffes ja auch entspannend ist.

Es ging mit einem hellblauen Leinenhemd los. Nach und nach wurde das Bügeln jedes Kleidungsstücks langsamer und genauer und Einzelheiten traten hervor. Schillernde Perlmuttknöpfe. Das Taubenblau des Blusenkragens. Der kleine, rote Anker auf dem Ärmel des blauweiß gestreiften Hemds. Der schwarze Rüschenrand der Bluse.

Es war auch aufschlussreich, die Augen zu schließen, die Hände im Kleiderhaufen zu vergraben, die Stoffe zu befühlen und dann zu raten, um welches Kleidungsstück es sich handelte. Besonders angenehm fühlten sich Leinenstoff und Waffelpiqué an.

Stunden später war der Korb leer. Die Belohnung war gar nicht mehr nötig, denn es hatte ja eigentlich Spaß gemacht. Trotzdem war das Bad bei Kerzenschein mit einem Glas Rotwein, Salzkeksen und Schokolade ein schöner Abschluss.

Jetzt war der Schrank wieder gefüllt und es gab eine reiche Auswahl an Outfits für Bürotage zu Hause.

Während dieser Zeit änderten sich viele alte Angewohnheiten wie von selbst, und es stellte sich ein neuer Rhythmus ein. Dies war auch die aufwühlende Zeit der Hinterfragung des Normalen.

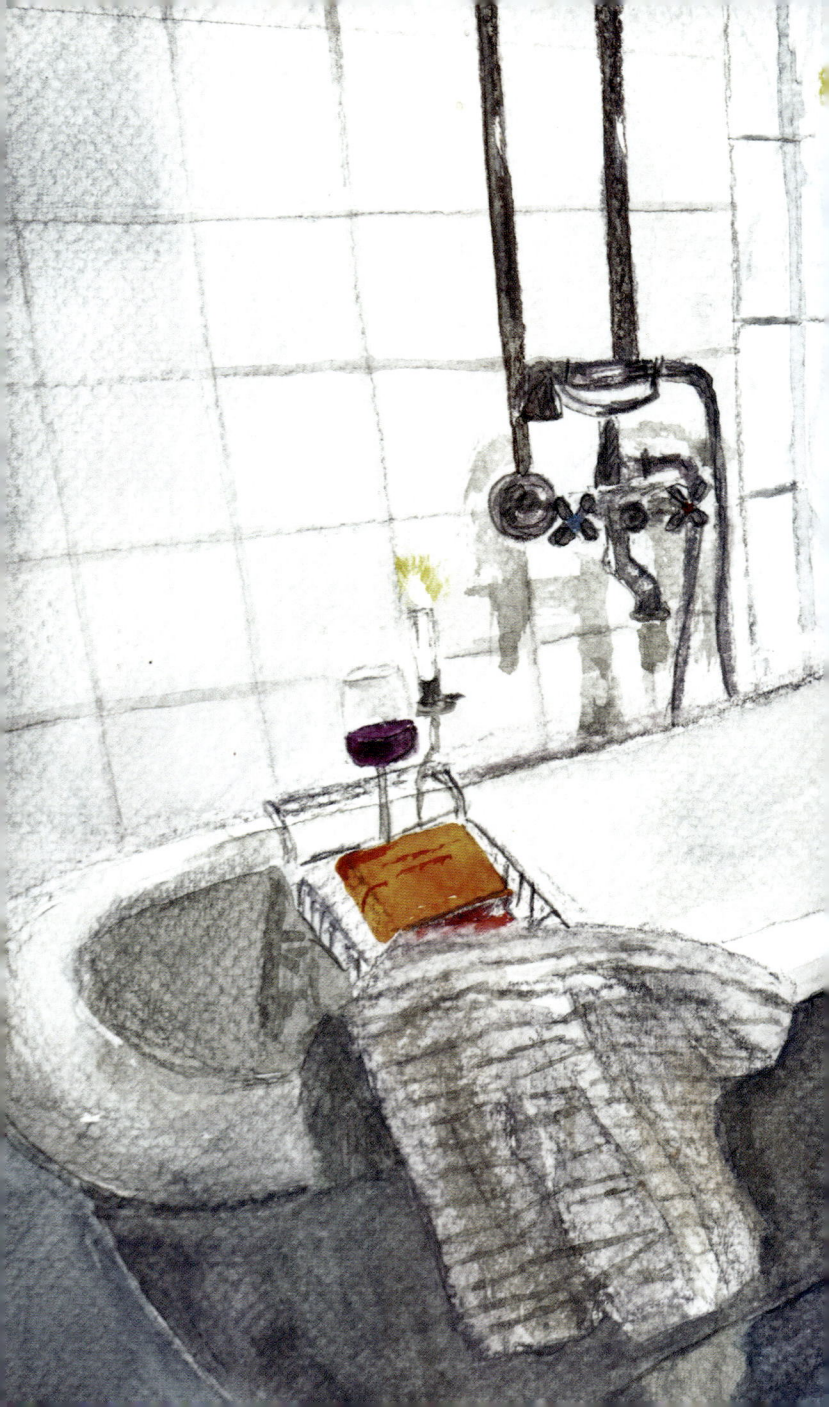

Interessante
Flaschenstrukturen

Letztens hatte sich Anna mit einem Gutschein, den sie von ihren Freunden zum achtzehnten Geburtstag bekommen hat, eine Flasche Wein gekauft. »Ich fand die Flasche so schön! Ich werde sie als Kerzenhalter benutzen. Den Wein brauche ich nicht.« Tatsächlich: Die Flasche hatte eine interessante Struktur und Form.

Bei uns wird viel umgefüllt. Das heißt, dass Inhalte eher hässlicher Verpackungen in schöne Flaschen, Dosen und Gläser umgekippt werden. Ein tiefgrünes Spülmittel sieht in einer Glasflasche mit Flaschenausgießer viel schöner aus. Wenn die Flüssigkeit beim Umfüllen langsam an den Innenwänden der Glasflasche entlangfließt, sträuben sich beim Zusehen die Nackenhärchen.

Das Trockenfutter der Katzen verschwindet nach dem Kauf sofort in einem silberfarbenen Metallbehälter, aus dem es mit einem Schäufelchen leicht in die Näpfe gefüllt werden kann. Auch im Bad wird der schöne Seifenspender immer wieder nachgefüllt. Die Nachfüllflasche mit dem katastrophalen Design verschwindet ganz schnell wieder hinten im Schrank. Es macht Spaß, aktiv die Schönheit im Alltag zu fördern.

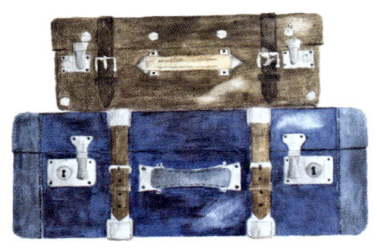

Über die Zitronentintenschrift bügeln

Nach einer extrem langen Zeit auf dem Land war das Verlangen nach Stadtluft so extrem, dass der Koffer nicht mehr länger vor sich hin stauben musste, sondern schon bald im Gepäckfach des Zugs unterwegs Richtung Südfinnland war. Großstadtluft, pulsierendes, dynamisches, buntes Leben, atemberaubende Architektur, wunderschöne Parks, Museen, Wochenmärkte und Gärten sind ein ästhetisches Feuerwerk für die Sinne. Sofia und ich wanderten durch die Pracht, speicherten die Farben, Formen, Düfte, Bewegungen, Menschen, Geräusche und Kunstwerke und tankten Kultur und Lebenslust. Im Koffer sammelten sich so langsam auch schon ein paar kleine Schätze zum Versüßen des bevorstehenden Alltags an: Herzbonbons für die leere Glasdose auf dem Schreibtisch und hübsche Papiertüten für ein kommendes Adventskalenderprojekt. Es waren auch mehrere Postkarten aus dem Kunstmuseum mit dabei und im Koffer duftete natürlich wieder verführerisch eine neue Seife für die Erinnerungssammlung im Bad.

Dann, vier Tage später, war der ästhetische Stadttank wieder gefüllt, und lächelnd ging es aufs Land zurück. Im Zug leistete mir Erik Saties *Gymnopedie No.1* Gesellschaft. Ich schloss die Augen und sah den Garten, frische Wäsche im Sommerwind, Seerosen im Fluss, Katzennasen und Walderdbeeren. Dann war ich wieder da. Der Geborgenheitszuhauseduft. Das eigene Bett. Unsere Farben. Pflanzen. Das fantastisch schmeckende Leitungswasser. Was für eine Freude. Hier gab es alles.

Das Andere ist das Bügeleisen, mit dem wir über die Zitronentintenschrift des Selbstverständlichen bügeln.

Später saßen wir gemeinsam unter den Ahornbäumen. Es war ziemlich frisch an diesem Augustabend. Juha brachte mir einen Pullover mit, den er auf dem Regal im Flurschrank gefunden hatte. Es war das Retroteil.

Das Retroteil

Der Pullover ist blau mit senfgelben Sternmustern und
fünfunddreißig Jahre alt. Seine Geschichte begann, als
ich mir genug Taschengeld zusammengespart hatte, um
dem Wollgeschäft in der Innenstadt einen Besuch abzu-
statten und dort die Wolle für den Pullover zu kaufen,
dessen Strickanleitung schon seit Monaten in einem
Handarbeitsheft unter dem Kopfkissen vor sich hin
knüllte. Beim Betrachten des fertigen Pullovers auf dem
Foto kribbelte es mir jedes Mal in den Fingerspitzen. Was
für wunderschöne Muster er hatte!

    Das erste Mal nach Strickmuster zu stricken ent-
puppte sich als Herausforderung. Seltsame Handarbeits-
ausdrücke wie *rechts verschränkt*, *Rippen* oder *Raglan*
konnten erst nach langer Suche in einem Strickbuch de-
chiffriert werden. Das Arbeiten mit zwei Farben erfor-
derte ein häufiges Aufribbeln von Maschenreihen. Oft
wurde es spät und das frühe Aufstehen am nächsten
Morgen fiel mir immer schwerer. Auch die Finger waren
schon ganz steif vor Schmerz. Die Handarbeit war überall mit dabei: im Bus, in der Schule, an der Bushaltestelle.
Sie war so wichtig, dass die Meinungen der anderen
überhaupt keine Rolle spielten. Kommentare wie »Sowas
macht nur meine Oma« oder »Ach, du strickst ja nur
noch« nisteten nicht in meinem Gehirn, sondern flogen
unbeachtet vorbei. Das war seltsam, denn im kritischen

Alter von vierzehn Jahren ist das Image ja eigentlich ziemlich wichtig. Das war jetzt aber völlig zweitrangig.

Nach einigen missglückten Versuchen begann es zu klappen. Das Rückenteil war nach einer Woche fertig, bald darauf das Vorderteil und dann die Ärmel. Jetzt mussten die Teile gespannt und zusammengenäht werden, und danach war das Stricken des Kragens dran. Schließlich war der Pullover fertig. Ich schloss die Kinderzimmertür ab und zog ihn an.

Die Ärmel waren zu kurz. Auch ein Strecken der Stücke nützte nichts. Da saß ich heulend auf dem Bett und starrte den Pullover an. Um den Schaden zu beheben, müsste man erst einmal den Kragen wieder aufribbeln, dann alle Nähte öffnen, die Ärmel verlängern und die Stücke dann wieder zusammennähen. Nö. Stattdessen zückte ich fünf Strumpfstricknadeln, verlängerte die Ärmelbündchen um je fünf Zentimeter und probierte dann den Pullover wieder an. Jetzt passte er. Stolz trug ich ihn oft in der Schule und später bei zahlreichen Naturspaziergängen.

Über die Jahre kamen und gingen die Kleidungsstücke, bei Umzügen wurde aussortiert, weggeworfen und verschenkt, aber dieser Pullover überlebte alle Aktionen. Sogar Sofia und Anna haben ihn einige Male ausgeliehen: »Schicke Farben, voll das Retroteil!«

Jetzt wärmt er mich manchmal an kühlen Frühlings- und Herbsttagen im Garten. Der Pullover ist ein Wunder: Er sieht immer noch so aus wie ganz zu Anfang und hat keine Löcher. Nur die Ärmelbündchen sind etwas länger als bei gewöhnlichen Pullovern.

In den nächsten Tagen würde unser Haus voll sein. Schön war dieser ruhige Moment unter den Bäumen vor dem lauten, ausgelassenen Wochenende mit der Jugend. Aber Heidi hat ja recht: »Familie ist, wenn Chaos Spaß macht.«

Converse und Strubbelhaare

Es war Samstagmorgen und im Flur standen zwei Paar ausgelatschte Converse, eines in Größe 45 und eines in 44. Joels und Timis Treter. Es war ein hervorragender Tag für einen gemeinsamen Brunch. Vor zwölf Uhr würde keiner wach sein. Deshalb war noch gut Zeit für einen kleinen Einkauf: Wassermelone, Brötchen, Croissants, Kirschen, verschiedene Käsesorten, Schokolade und Orangensaft landeten im Einkaufswagen. Die graue Leinentischdecke brauchte nicht gebügelt zu werden. Sie sah ungeglättet viel schöner aus mit den Falten und interessanten Strukturen. Zu ihrer dunklen Farbe passten die weißen Teller und Tassen besonders gut. In der Serviettenkiste fanden sich viele hübsche Muster, und es machte Spaß, sie alle auf dem Tisch auszubreiten und zu überlegen, welche zu genau diesem Brunch am besten passten. Schließlich handelte es sich ja um Teilnehmer(innen) im Alter von 17 bis 19, deshalb gingen Servietten mit zarten Blümchen oder Luftballons auf keinen Fall. Die Wahl fiel auf die weißen mit dem dunkelgrünen Monsterablatt, denn Sofia hatte in ihrem Zimmer eine *Monstera deliciosa* (»köstliches Fensterblatt«). Zu kleinen Pyramiden gefaltet sahen die Servietten auf den Tellern sehr hübsch aus. Jeden Teller zierte ein individueller Eierbecher. Für die Käse- und Schinkenteller gab es zur Dekoration im Gemüsegarten Kräuter in Hülle und Fülle.

Violette Stiefmütterchenblüten und die Kapuzinerkresse in phantastischen Gelb- und Orangetönen blitzten im Blumenbeet hervor. Bald zierten jeden Teller ein violettes Stiefmütterchen und eine orange Kapuzinerkressenblüte.

Die Kerzen waren schon angezündet, als genau passend oben eine Tür aufging. Ein paar Minuten später noch eine. Sie waren wach. Im Bauch flattern einige bläulich schimmernde Schmetterlinge. Die Jungs mit ihren verwuschelten Haaren schmetterten mir ein fröhliches »Guten Morgen!« entgegen. Sofia und Anna hatten ihre langen Haare zu lockeren Knoten zusammengebunden. »Oh Mama, wie schön das aussieht!«

Wir unterhielten uns über Freitagabend. Sie waren spontan in eine Nachbarstadt gefahren und hatten viel Spaß gehabt. Diese wunderbaren Jugendlichen sind Meister des Lebensgenusses. In ihrer Gegenwart wurden wir Älteren wieder jung, beflügelt von ihren frischen Ideen und ihrer Unkompliziertheit.

Motiviert von der jugendlichen Leichtigkeit und dem gemeinsamen Frühstück machte es großen Spaß, einen der kommenden Seminarvorträge vorzubereiten.

Die Zuhörerin

Sie hatten mich dazu eingeladen, in einem Webinar als Gastdozentin einen Vortrag zu halten. Es handelte sich um eine Gruppe von etwa achtzig Master-Studenten, und es ging im Kurs um die Entwicklung pädagogischer Fähigkeiten. Die zuständige Lektorin akzeptierte das Vorlesungsthema *Schaffen eines lernunterstützenden Bedeutungsraums.*

Das Ganze sollte 45 Minuten dauern. Auf die Bitte, wenigstens kurz die Kamera anzumachen, um die Kursmitglieder sehen zu können und nicht das Gefühl zu haben, mit dem Laptop zu sprechen, reagierte immerhin über die Hälfte. Wir winkten uns zu, und beim Aussprechen der Namen der winkenden Teilnehmerinnen und

Teilnehmer hellten sich deren Mienen auf. Beim Versuch, den Vortrag interaktiv zu gestalten, antworteten sogar einige auf Zwischenfragen und gaben auch Erfahrungsberichte und Beispiele. Überraschenderweise funktionierte es mit dem Dialog. Im Laufe des Vortrags besprachen wir unter anderem die Frage, ob sich das Verhalten einer Lehrkraft ändern kann oder ob es unwiderruflich »in der Person verankert ist«. Diese Frage löste einen regelrechten Aktivitätsschub aus, und acht Leute meldeten sich. Die fünfte Person hieß Minna und erzählte ihre eigene Geschichte.

»Ich habe das Zuhören gelernt, und es ist eine Eigenschaft, die laut Feedback sowohl meine Studierenden als auch meine Kolleginnen und Kollegen an mir schätzen. Früher habe ich ständig meine eigene Antwort vorbereitet, wenn mir jemand etwas erzählt hat, anstatt richtig zuzuhören. Jetzt habe ich die Fähigkeit, wirklich anzuhalten, und ich fasse im Kopf zusammen, was die Person gesagt hat. So kann man viel besser auf das Gehörte eingehen, zusätzliche Fragen stellen und kommentieren. Mit dieser Methode bin ich auch die lästige Eigenschaft losgeworden, das Gehörte auf mich zu beziehen. Wenn zum Beispiel jemand sagt: ›In den letzten Wochen war viel los. Meine Mutter ist ins Krankenhaus eingeliefert worden und unsere Tochter hatte ihre erste Abiturprüfung‹, hätte ich früher geantwortet: ›Bei uns auch. Karoline ist umgezogen und Peter ist seit letzter Woche arbeitslos.‹ Eine solche Reaktion gibt dem Gesprächspartner zu verstehen, dass man überhaupt nicht richtig zugehört hat, weil man nicht auf den Inhalt eingegangen ist, sondern ichbezogen nur seinen eigenen Kram erzählt. Heutzutage würde ich fragen, wie es denn jetzt der Mutter geht und wie sich die Tochter nach der ersten Abiturprüfung gefühlt hat.«

Dieser Bericht fand großen Anklang. Er wirkte im Kopf noch bis in den späten Abend nach.

Der Gedanke vom richtigen Zuhören war so wichtig, dass er in das Notizbuch der wichtigen Gedanken eingetragen werden musste. Anna hatte vor vielen Jahren aus einem gewöhnlichen Schreibheft ein hübsches Notizheft gezaubert. Es war mit Geschenkpapier beklebt und mit einem Schnörkeleckennamensschildchen versehen.

Kleine Details im Toyota Auris

Von unten ertönte ein Ruf. »Mama, kannst du Zimt ein-
kaufen gehen?« Verstrubbelt stand Anna mit einem
Mixer in der Küche und zog sich die Schlafanzughose
zurecht. Sie war gerade dabei, Juha einen Geburtstags-
kuchen zu backen. »Ja, mein Kind.«

Es war Samstag und vor dem Haus stand nur unser
Zweitwagen, ein blaugrauer Toyota Auris, den wir für
Anna und Sofia gekauft hatten, damit sie nach ihren
Fahrprüfungen möglichst viel üben und mit ihren Freunden unterwegs sein konnten. Dieses Gefährt war bei meinen Töchtern zuerst auf einen gewissen Widerstand gestoßen, was verständlich ist, denn der Toyota ist nun
wirklich nicht sonderlich cool. Schon nach kurzer Zeit
freundeten sie sich trotzdem mit dem Auto an und lernten es schätzen. Immerhin hatte es auf beiden Seiten
einen Dosenhalter und in beiden Sonnenblenden be-
leuchtete, aufschiebbare Spiegel. Diese kleinen Details
waren die Quellen häufig wiederkehrender Witzchen.

An diesem Morgen war im Halter der Fahrerseite eine halb ausgetrunkene Coladose geparkt. Irgendwie war
es eindeutig sichtbar, dass die Fahrerinnen dieses Autos
so um die 18 oder 19 waren. Am Blinkschalter hing eine
schwarze Gesichtsmaske aus Stoff. Den Rückspiegel zierten zwei aus blauen Perlen gebastelte Dekoringe, die
beim Anfahren immer übertrieben hin und her schaukel-

ten. Am Schlüsselbund hing ein weiteres Modell in Violett und zusätzlich ein hellvioletter Pompomanhänger. Auf der Hinterbank lagen ein paar Schminkutensilien, leere Limonadenflaschen, Bonbonpapiere, diverse Haargummis und ein dynamisch dahingeworfenes Leopardenmustershirt.

Beim Einschalten des Motors ertönte höllisch laute Popmusik im Radio. Ich lachte über diese Spät-Teenie-Höhle, wechselte den Kanal und fuhr mit fröhlich wackelnden, blaublitzenden Perlenringen zum Supermarkt. Selbstgemachte Perlenringe hat nicht jeder in seinem Auto. Das Seltsame ist, dass die Mädchen genau diese selbstgemachten Details bei uns zu Hause oft belächeln. Und dann hing da so ein Ding im Auto! Es hat möglicherweise etwas damit zu tun, dass ich selbst zwischen Pappmachémarionetten, Fimomännchen und Fliegenklatschen aus alten Lederhosen aufgewachsen war. Und metallenen Eierbechern, die mit angebundenen Holzgriffen zu Kerzenlöschern umfunktioniert worden sind.

Sofias und Annas Freunde wundern sich oft über diverse Details, die es bei ihnen zu Hause nicht gibt. Darunter sind viele Kindermeisterwerke. Im Küchenschrank finden sich alte Teller und Tassen, deren Sprünge sich mithilfe von Porzellanfarbe zu Ameisen, Bienen und Libellen verändert haben. Am Küchenhaken hängen selbstgehäkelte Topflappen. In einigen Blumentöpfen stecken aus Draht gebogene Blumen. Der Besenstiel ist mit Wolle umhäkelt. Im Wohnzimmer ist eine riesige Blumengartencollage mit integrierten Perlensalamandern, Glassteinen und grün gefärbten Tieren aus Überraschungseiern. Ein kaputter Topfdeckel hat einen ballförmigen Griff aus ofenfester Modelliermasse bekommen. Selbstgezogene Kerzen aus dem Stearin ausgebrannter Kerzen flackern fröhlich auf dem Wohnzimmertisch. Die Pflanzkästen im Gewächshaus haben Tragegriffe aus alten Ledergürteln. In der Toilette und im Flur liegen selbstgehäkelte Teppiche aus ehemaligen Bettlaken.

Diese Kreationen rufen bei den Familienmitgliedern eine seltsame Mischung aus Kopfschütteln und Verwunderung hervor und sie erzeugen gleichzeitig immer gute Laune. Das ist doch die Hauptsache.

In Künstlerkreisen sind Kreationen dieser Art eher der Normalfall. Deshalb machen Kunstkurse auch so großen Spaß, denn dort laufen viele Gleichgesinnte herum, die Halsketten aus Coladosenverschlüssen tragen oder mit einem Auto aufkreuzen, dessen Fußmatte aus gehäkelten Plastiktütenstreifen gefertigt ist. Da bedarf es keiner weiteren Erklärung.

Tobi

Nach und nach trudelten die Teilnehmerinnen und Teilnehmer des Zeichenkurses ein. Wir trafen uns in einem alten Holzhaus in der Malklasse, die viel zu eng für die Gruppe war, und wegen der Sommerhitze war es auch höllisch heiß. Corona machte uns nasen-, mund- und kinnlos, denn wir waren hinter unseren Masken versteckt. Die Lehrerin versäumte es, eine Vorstellungsrunde zu starten. So blieben wir inkognito. Eigentlich war das eine willkommene Situation: Wir hatten für die anderen keinen Namen, keinen Beruf und keine Identität, konnten völlig frisch starten und uns auf das Zeichnen konzentrieren. Vielleicht hatte die Lehrerin es ja absichtlich versäumt, uns um eine kurze Vorstellung zu bitten!

Einige entschieden sich, zum Zeichnen in den Garten zu gehen, wo es unter den Bäumen Schattenplätze gab.

So langsam lernten wir uns kennen. Besonders eine der Frauen entpuppte sich schon am ersten Tag als humorvoller Mensch, denn sie schnappte Details auf und riss delikate Witzchen. Schon bald lachten wir uns unter den Bäumen über kleine Episoden aus dem Leben schlapp und wurden unzertrennlich. Sie hieß Ulla und hatte ihren Hund Tobi mit dabei, einen ehemaligen Straßenhund aus Spanien, dessen Verhalten auf ein Trauma hinwies. Er schien extrem unsozial, muffelig und in sich gekehrt, wie ein vom Leben enttäuschter Eigenbrötler, der dachte: »Lieber allein als in schlechter Gesellschaft. Niemandem ist zu trauen, ich habe zu viel Leid erfahren. Ich komme auch alleine klar.«

Der kleine struppige Hund war ein rührender Anblick. Ulla liebte und pflegte ihn hingebungsvoll. Tobi ließ sich nicht streicheln und kam auch nicht auf andere Menschen zu. Deshalb war es besser, ihn völlig in Ruhe zu lassen. Er hatte mehrere Marotten: Sich direkt auf den Rasen zu legen war unzumutbar, da bedurfte es schon einer Decke oder zumindest eines Handtuchs. Der Wassernapf durfte nicht in der Sonne stehen. Geregelte Fress- und Spazierzeiten mussten strikt eingehalten werden. Als Ulla aus Versehen ein kleines Stück Pastellkreide fallen ließ und damit Tobis Kopf traf, blickte er sie lange verärgert mit einem blauen Punkt auf der Stirn an und entfernte sich schließlich leicht knurrend um etwa einen Meter. Wir waren diskret genug, um nicht zu lachen.

Am vierten Abend gingen wir am Meeresstrand spazieren. Als wir uns in den Sand setzten, schnüffelte Tobi an meinem Oberschenkel herum und legte dann seine Schnauze darauf. In meinem Bauch schlug in Zeitlupe ein dunkelgrau-violett schimmernder Riesenfalter seine Flügel zusammen.

Begeistert erzählte Ulla erzählte von ihrem Sommerhüttenprojekt. Sie hatte den ganzen Sommer über die Zimmer der Meeresstrandhütte renoviert, die sie von ihren Eltern geerbt hatte. Stundenlang hatte sie in Baumärkten in Tapetenbüchern geblättert, Muster und Farben bewundert und Kacheln ausgesucht, in Stoffläden nach passenden Gardinen gefahndet und das Ganze schließlich in die Tat umgesetzt. Jetzt war alles bereit und sie wohnte den Sommer über in der Hütte am Meer.

Beim Zuhören wuchs auch bei mir die Lust auf das Renovieren, aber noch mehr wuchs das Verlangen nach dem bevorstehenden alljährlichen Hüttenurlaub.

Blockhüttenstimmung

Fast jedes Jahr mieten wir uns für einige Tage eine Blockhütte ohne Strom und fließendes Wasser irgendwo in der Wildnis, wo die einzigen Nachbarn die Waldtiere sind. Juha hat eine Checkliste, die er schon gut eine Woche vorher eingehend studiert und mit deren Hilfe er an alles Notwendige denkt. Ich packe eher kreativ. Das Ergebnis ist ein volles Auto mit Wichtigem und noch Wichtigerem. Seine Angelausrüstung ist genauso berechtigt mitzukommen wie mein Aquarellmalset, ein Bücherberg und die Wollknäuel.

Ein Hüttenurlaub ist eine hervorragende Übung für jeden Menschen, der in der hedonistischen Tretmühle steckt. Dies bedeutet, dass sich eine gewisse Situation nur für einen kurzen Moment gut anfühlt, sie aber bald der neue Normalfall ist, woraufhin wieder ein Streben nach dem Besseren einsetzt. Das Phänomen lässt sich am Beispiel Wohnen erklären. Ein Student gibt sich aus Preisgründen mit einer billigen Mietwohnung zufrieden, bis er berufstätig wird, mehr verdient und sich eine bessere Wohnung sucht. Zu Beginn bemerkt er noch den großen Unterschied zur vorherigen Wohnung – das neue Domizil ist größer, besser gelegen und hat eine schöne Küche. Doch bald wird sie zum Normalfall. Dann entscheidet er sich für ein Einfamilienhaus, das noch schöner und größer ist. Zuerst kommt es ihm wie ein Paradies vor, doch bald ist es auch ganz normal. Die hedonistische Tretmühle ist durch einen kleinen Hüttenurlaub wunderbar aus dem Tritt zu bringen. In der Hütte warten die wirklich wichtigen Dinge, und der überflüssige Kram bleibt zu Hause. Die kleinen Dinge treten erstaunlich schnell in den Vordergrund. Das ständige Weiterklimmen und die ständige Unzufriedenheit enden, sobald das Auto vor dem Haus der Hütte hält. Ich kenne einen Millionär, der immer noch sein uraltes Handy benutzt und einen verbeulten Audi fährt. Auch sein äußeres Erscheinungsbild lässt nicht auf Reichtum schließen. Einmal ist er im Haus sogar für den Hausmeister gehalten worden. »Mein Abfluss ist verstopft.« »Oh, das tut mir aber leid.« Er steckt definitiv nicht in der Tretmühle.

Ein Hüttenurlaub unterstützt die Rückkehr zum Einfachen und zu wirklich wichtigen Dingen. Mehrere Tage lang dürfen die Gegenstände im kleinen Koffer die Hauptrolle spielen: Das Muster und die Farben des Blumenhemds, die Struktur des abgewetzten Jeansstoffs und die schwarzen, ausgelatschten Sandalen, die schon so viele Hüttenferien mitgemacht haben. Die Dinge bekommen wieder einen Wert. Die Klamotten duften nach Zuhause. Es ist ein Geruch, der nur dann wahrnehmbar ist, wenn er von zu Hause weggereist ist.

Nicht nur die begrenzte Anzahl von Gegenständen, sondern auch das Fehlen von Reizen beruhigt und unterstützt die Rückkehr zur Langsamkeit. Die Pflichten sind zu Hause geblieben. In der Wildnis gibt es nur Entspannung. Lange schlafen, angeln, malen, lesen, essen, in die Sauna gehen, Beeren sammeln, Feuer machen, den See betrachten. In der Natur spazierengehen und den Waldvögeln beim Konzert zuhören. Oder nichts tun, wenn einem danach ist.

In der einsamen Hütte kehrt die Langsamkeit ins Leben zurück und im Gegensatz zum Leben zu Hause gewinnt *die Bemühung um etwas* wieder an Kraft. Dadurch steigert sich dessen Wert: Um einen Kaffee zu kochen, muss der Ofen angeheizt werden, damit sich die Kochplatte zum Wasserkochen erhitzen kann. Wenn dann das Wasser kocht, läuft der Kaffee langsam durch einen Filter und es dauert eine Weile, bis er durchgelaufen ist. Mit Mühe zubereiteter Kaffee schmeckt viel besser.

Um das Geschirr zu spülen, wird zuerst in der Sauna Wasser im großen Wasserkübel aufgewärmt. Das warme Wasser gelangt in Eimern in die Hütte.

Beim Abspülen ist jedes einzelne Geschirrstück wichtig, es fühlt sich gut an in der Hand und beim Befühlen und Betrachten treten plötzlich kleine Details in Erscheinung. Das Spülen in der Hütte ist intensiver als zu Hause, wo man alles schnell in die Spülmaschine stellt und auf den Knopf drückt. Wir sind trotz Fehlens der selbstmahlenden Espressomaschine mit Dampfröhrchen für Milchschaum, des Spaghettimessbrettchens und der Eiswürfelmaschine völlig zufrieden und freuen uns an geangeltem Fisch, langsam aufgebrühtem Kaffee, Milch mit Blaubeeren und Zucker (lecker!) und Erbsensuppe. Bei der Heimkehr bemerken wir wieder die reichliche Ausstattung und wissen, dass es keinen Grund gibt, nach noch Besserem zu streben. Es ist genug.

Café au lait im Aussichtsturm

Nach einer Kleiderschrankinventur lag im Flur ein mächtiger Haufen mit abgetragenen Klamotten: Hosen mit interessanten Abreibungen am Hintern, T-Shirts mit Löchern und Pullover in zweifelhaften Farben. Mit dabei waren auch einige selbstgestrickte Meisterwerke, die bisher wegen guter Erklärungen bei jedem Ausmisten begnadigt worden waren. Einer war zu stramm (»Der wärmt besonders gut, wenn man im Herbst Laub zusammenharkt«), einer hatte sich in die Breite gezogen (»Das ist in ein paar Jahren wieder in Mode«), einer hatte zu kurze Ärmel (»Die kann man noch verlängern, das habe ich ja schon mit 14 gekonnt«) und eine Wollrestekreation hatte einfach ein viel zu buntes und unruhiges Muster (»Den kann man anziehen, wenn man gute Energie braucht«).

Seit Jahren lagen sie ungenutzt herum. Auch der Gedanke »Sie haben ja so viele Stunden Arbeit gekostet, man könnte doch noch Kissenbezüge daraus machen« reichte nicht mehr. Die Wunderwerke wanderten in die Altkleidersammlung.

Jetzt sah es im Schrank sehr übersichtlich und geordnet aus. Zwei Müllsäcke mit abgetragenen oder unpassenden Klamotten waren entsorgt. Es war befreiend, dieses Gefühl, wieder die Übersicht zu haben und endlich ehrlich und ohne Ausreden das Ausmisten in Angriff genommen zu haben. Es ist zum Glück lernbar, sich von unnötigen Dingen trennen zu können. Und wie schön es sich anfühlt, sich erst dann etwas zu kaufen, wenn es auch wirklich nötig ist! Um das zu lernen, hilft das Vermeiden von Besuchen in Einkaufszentren und Geschäftspassagen, aber am meisten hilft einem die Änderung der eigenen Denkweise. Es ist viel schöner, wenn alle Gegenstände auch wirklich nötig sind und eine Verwendung haben, und diese Dinge bekommen dadurch ihren Wert und ihre Beachtung, dass sie nicht in der Masse untergehen.

Etwa drei Monate nach dieser Aktion standen drei Kleidungsstücke auf der Einkaufliste der wirklich nötigen Dinge: eine Hose für den Herbst, ein (wirklich passender!) Pullover und ein Hemd. Da es hier in der Kleinstadt nur eine sehr begrenzte Auswahl gibt und es in absehbarer Zeit nicht möglich war, in eine größere Stadt zu fahren, war eine Bestellung via Webshop dieses Mal die bessere Alternative. Gut eine Woche später kam eine SMS-Nachricht, das Paket könne abgeholt werden. An jenem Tag gab es jedoch eine Menge zu tun. Am Abend würden Gäste kommen, und es musste noch viel vorbereitet werden. Nach dem Einkauf im Supermarkt fuhr das Paket auf dem Rücksitz mit nach Hause. Wie schön es doch gewesen wäre, es sofort aufzureißen und die Klamotten zu bewundern! Für einen echten Genussmoment war aber nicht genug Zeit. So verschwand das Paket auf dem Kleiderschrank und überdauerte ungeöffnet die Vorbereitung auf den Abend mit Freunden und ein gemütliches Kerzenscheinabendessen unter den Ahornbäumen.

Das Paket wartete bis zum nächsten Morgen. Alle schliefen noch. Es war Sonntag, und leise öffnete sich die Tür zum Zimmer, in dem das Paket wartete. Es erreichte eine der schönsten Plätze des Hauses, nämlich das Sofaeckchen im Arbeitszimmer. Zu Debussys *Clair de Lune* zog der silberne Brieföffner einen Schlitz, und schon bald stand es offen da. Im Paket lag ein kleiner Zettel mit dem Text: »Vielen Dank für Ihre Bestellung.« Auf dem Zettel klebte ein Tütchen mit Gummibärchen. Zuoberst lag ein weißes Hemd mit einem Libellenmuster. Der Stoff fühlte sich weich an, das Modell war zeitlos und elegant. Dann war ein schlichter und sehr weicher, moosgrüner Pullover an der Reihe – und er passte! Er hatte genau den Farbton von Waldmoos, das auf den Steinen im nahegelegenen Wäldchen wächst und besonders schön bei Regen leuchtet. Das dritte Kleidungsstück war eine Leinenhose in einem hellen Sandton, die sehr an ein Stück aus Studienzeiten erinnerte. Ein Bild längst vergangener Zeiten erschien vor meinem inneren Auge: Wir trafen uns manchmal im alten Aussichtsturm des Botanischen Gartens zum Frühstück, aßen dann in der Morgensommersonne Croissants mit Marmelade und tranken dazu

Milchkaffee. Juha hatte dazu in seinem schönen Leder-rucksack Milchkaffeeschüsseln mitgebracht, die er vor-sorglich in Küchentücher eingewickelt hatte. Da saßen wir in tiefer Freundschaft und verstanden uns, ohne viel zu reden. Wir versanken in der Süße des Moments und tankten dessen Kraft für mögliche spätere Zeiten, in denen wir diese Erinnerung brauchen würden.

Die neuen Wunderdinge bekamen einen Ehrenplatz und hingen wie Ausstellungsstücke an der Staffelei im Arbeitszimmer. Erst an einem ganz besonderen Tag kamen sie zum Einsatz. Beim Betrachten der ausgelatschten Schuhe im Flur kam der Gedanke auf, dass es in den nächsten Tagen auch mal Zeit für ein neues Paar Herbst-schuhe sein könnte.

Blitzende Edelsteine

Im Zentrum unseres Städtchens Ylivieska hat sich in den letzten Jahren etwas getan. Viele kleine Geschäfte und Cafés kämpften lange um ihr Überleben, denn außerhalb der Stadt zogen mehrere Einkaufszentren große Menschenmassen an. Zum Glück reagierte die Stadt auf das Problem, indem das gesamte Zentrum instandgesetzt und verschönert wurde. Die schlimmsten architektonischen Auswüchse wurden abgerissen. Plötzlich gab es dort gepflasterte Parkbuchten, neue Grünanlagen, hübsche Straßenlaternen, Pflanzenkübel mit Blumenarrangements und neue Sitzbänke. Alte Holzhäuser wurden saniert und bekamen einen neuen Anstrich. Es wurden Kultur- und Einkaufsnächte organisiert, die für die kleinen Boutiquen und Cafés sehr ertragreich waren.

Für Menschen, die persönliche Beratung, Freundlichkeit, Gemütlichkeit und nette Gespräche schätzen, gibt es im Städtchen mehrere schöne Orte. Einer davon ist ein kleiner Schuhladen, dessen Schaufenster in regelmäßigen Abständen liebevoll geschmückt werden. Der Laden ist vollgestopft mit Damen-, Herren- und Kinderschuhen, Pflegemitteln und Zubehör und er pulsiert voller Lebenslust. Er steht in krassem Gegensatz zu der Fassade des grauen Hauses, dessen Putz schon von den Wänden zu bröckeln droht. Beim Eintreten ertönt ein Glöckchen über der Tür, und hinter dem Tresen wartet entweder die freundliche Verkäuferin mit der langen Lockenmähne oder die Besitzerin, eine ältere, elegante und zierliche Dame, die Kaarina heißt und zufällig unsere Nachbarin ist.

Es ist jedes Mal wundervoll zu beobachten, wie sie ihre Kundinnen und Kunden begrüßen und sich um sie kümmern. Sie tragen haufenweise Schuhe heran, fragen nach Wünschen und empfehlen verschiedene Modelle. Das Erstaunlichste ist, dass sie die Schuhgrößen, Fußbreiten und Vorlieben vieler ihrer Stammkundinnen und -kunden auswendig kennen und genau wissen, was es sich zu empfehlen lohnt. Es ist viel schöner, in diesem Laden einzukaufen als in einem unpersönlichen Einkaufszentrum, denn hier herrscht eine Stimmung vor, die heutzutage eher selten anzutreffen ist: Kaarina und ihre Angestellte behandeln ihre Kundinnen und Kunden zuvorkommend. Nach dem Schuhkauf fühlen sie sich wie in der Sonne blitzende, wertvolle Edelsteine.

Von Kaarina ist auch der kleine Kühlschrankmagnet mit dem Spruch von Henry David Thoreau: »Den Reichtum eines Menschen kann man an den Dingen messen, die er entbehren kann, ohne seine gute Laune zu verlieren.« Am Kühlschrank hängen auch noch mehrere andere Magnete mit schönen Sätzen.

Die Preiselbeerbreinotiz

In einem der Küchenschränke lag ein Stapel mit kleinen schwarzen Magnetbilderrahmen. Sie warteten schon seit längerer Zeit auf Verwendung, um gemeinsam am Kühlschrank befestigt zu werden.

Eines Morgens fand ich auf dem Küchentisch eine Notiz von Juha. »Auf dem Herd im Topf ist frisch gekochter Preiselbeerbrei.« Neben dem Satz war die etwas holprige Zeichnung einer Preiselbeere (mit Blatt). Dies war der erste Zettel, der einen eigenen Magnetrahmen bekam. Es folgten viele andere schöne Sätze: »Danke, dass ich bei Euch wohnen durfte« (von Sofias Freund Joel mit der Handschrift seiner Mutter). »Shöönen taak Mama« (einer von Annas ersten Versuchen, Deutsch zu schreiben, nachdem sie gerade die Buchstaben gelernt hatte; ein Zettel, der als Lesezeichen in einem Buch steckte). »Gute Reise, fahr vorsichtig« (von Sofia). »Der Johannisbeersaft war super« (von Annas Freund Timi). Es ist schön, die Sätze vor dem Öffnen des Kühlschranks zu lesen.

Sie wirken auch beruhigend, wenn spannende Telefonate, Konferenzen, Besprechungen oder Seminare bevorstehen.

Der Chef und das Rentier

Mein ehemaliger Chef, von einigen Angestellten »der Kubikmeter« genannt, war kein Spezialist in emotionaler Intelligenz. Alle wurden etwas hibbelig und von einem Adrenalinschub überrollt, wenn eine Besprechung mit ihm bevorstand. Mit seinen dicken Brillengläsern und den überdimensionalen Pranken sah er aus wie ein Maulwurf, und auch sein Verhalten unterstützte das Bild eines im Dunkeln Gänge grabenden Eigenbrötlers. Trotzdem wussten alle, dass er kein schlechter Mensch war. Ab und zu tauchte er im Kaffeeraum auf, riss überraschend und völlig unerwartet einen Witz, lachte laut auf und zeigte dabei seine makellosen dritten Zähne, bis er mit seinem blumengemusterten Kaffeebecher wieder in seinem kleinen Büro verschwand. Man wurde einfach nicht schlau aus ihm.

Kurz vor Ostern bahnte sich gnadenlos der jährliche Gesprächstermin mit ihm an. Schon der Gedanke daran brachte die Hände zum Schwitzen. Wie jedes Jahr zitterten sie, und das Herz schlug schneller als gewöhnlich. Um dem Ganzen den bleischweren Ernst zu nehmen, sollte ein Überraschungsei lindernd wirken. Es landete beim Ablegen der Tasche elegant hinter den Büchern seines Regals, ohne dass er etwas von dem leisen Aufprall mitbekam, denn ich hüstelte genau in diesem Moment.

Wir unterhielten uns ganz nett. Eigentlich waren die Angst und Anspannung unnötig gewesen, denn er entpuppte sich im Gespräch als freundlicher Chef. Zum Ende der Unterhaltung bekam er einen Tipp: »Bald ist ja Ostern. Hier im Zimmer ist eine kleine Überraschung für Sie versteckt.« Durch die dicken Brillengläser blitzte für den Bruchteil einer Sekunde in seinen Augen ein Aufflackern von Erstaunen auf, das er nicht zu verbergen vermochte. Bevor er etwas erwidern konnte, hatte ich ihn schon mit dem Ei alleingelassen.

Am letzten Tag vor den Weihnachtsferien stand auf meinem Schreibtisch ein batteriebetriebenes Adventslicht in Form eines grinsenden Rentiers. Auf einer kleinen Karte wünschte mir der Chef *Frohe Weihnachten*.

Beim Aufräumen der Garage fiel das Rentierlicht aus der Weihnachtsschmuckkiste. Es funktionierte immer noch. Im Schummerlicht standen auch noch andere Kisten mit interessanten Dingen.

Die Freundin im Umschlag

In der Garage fanden sich mehrere Kisten mit handgeschriebenen Briefen aus Zeiten, in denen man sich noch Briefe schrieb. Wie schön wäre es doch, einmal wieder einen handgeschriebenen Brief zu bekommen, aber ich konnte ja niemanden direkt darum bitten! Deshalb war es an der Zeit, selbst zur Tat zu schreiten. Über die Jahre hatte sich ein Stapel Briefpapier angesammelt, der schon seit Jahren darauf wartete, endlich benutzt und beschrieben zu werden. Die Tinte im Füllhalter war längst eingetrocknet, und es dauerte eine Weile, bis der Füller sich endlich wieder zur Zusammenarbeit überreden ließ. Viel zu lange war er allein gelassen worden, und eingeschnappt rebellierte er zunächst gegen jegliche Kooperation. Es gibt da aber einen Aktivierungstrick: Hält man die Feder für einige Minuten in Wasser, belebt ihn das. Zuerst schrieb er nur zaghaft in zartem Hellblau, bald jedoch wurde der Farbton tiefer und tiefer, bis er schließlich ein wunderbares Dunkelblau annahm.

Wer sollte denn einen Brief erhalten? Ein Blättern im Adressbuch und Durchgehen einer Liste von Freundinnen, Freunden, Verwandten und Bekannten brachte nichts – wer würde sich denn nicht darüber wundern, plötzlich einen handgeschriebenen Brief zu bekommen? Die Wahl fiel schließlich auf einen 81-jährigen Onkel und seine Frau, die auf den Azoren wohnen. Der Brief wurde lang. Es füllten sich vier A4-Seiten. Das Schreiben tat gut. Sich den Inhalt vor dem Schreiben gut zu überlegen war wichtig, denn das Gesamtbild sollte ja auch ansehnlich sein.

In den nächsten Wochen schaute ich immer wieder gespannt in den Briefkasten, aber es kam nie eine Antwort, bis sich der Onkel etwa einen Monat später in einer E-Mail herzlich für den Brief bedankte. Fehlanzeige.

Als nächstes war der Patensohn dran, der in ein paar Tagen Geburtstag haben würde. Er erhielt einen handgeschriebenen Brief von etwa zwei Seiten mit einem kleinen Geschenk. Zurück kam eine WhatsApp-Nachricht mit einem kurzen Dank. Fehlanzeige.

Die Strategie musste geändert werden. Eine Freundin aus Deutschland erhielt einen Anruf, während dessen ich das Gespräch auf gute alte Zeiten lenkte und es so einfädelte, dass wir auf handgeschriebene Briefe zu sprechen kamen. »Vielleicht schicke ich dir demnächst einmal einen.« Dieser gespielt beiläufigen Erwähnung folgte eine kurze Pause. »Das wäre aber schön«, war die Antwort der Freundin. Schon am Abend desselben Tages entstand ein Brief auf einem Papier mit einem handgezeichneten Edelwickenrand.

Zwei Wochen später lag ein hellblauer Umschlag im Postkasten. Ja, es war die Handschrift der Schulfreundin aus Deutschland! Es war schön, ihn in der Hand zu drehen, die Briefmarke zu

bewundern und ihn voller Freude an die Brust zu drücken. Zur Maximierung des Genusses gehörten ein Becher Tee und zwei Kekse aus der Dose, die nach einem
Balanceakt auf den Sofatisch gelangten. Auf dem Sofa
warteten schon eine weiche Decke und mehrere Kissen
auf den großen Moment. Der uralte, silberne Brieföffner
mit der graublauen Kordel kam beim Öffnen des Kuverts
zum Einsatz. Sechs A4-Seiten handgeschriebener Text!
Diese Handschrift und diese Ausdrucksweise! Die Freundin war mitgereist, aus dem Umschlag ausgestiegen und
jetzt im Zimmer anwesend.

Nach zweimaligem Lesen die Augen zu schließen und
an die Freundin zu denken ließ sie sehr nahekommen. In
Briefen begegnen wir uns in einer ganz außergewöhn-
lichen Weise. Wir haben es uns dann zur Gewohnheit gemacht, uns ein paar Mal im Jahr per Brief zu begegnen.
Mittlerweile füllt sich auch die Pinnwand im Arbeitszimmer mit hübschen Postkarten, die Sofia schreibt.
Auch ihr Kühlschrank füllt sich mit Blumen- und Kunst-
kärtchen, deren Briefmarken in einem kleinen Ort in
Mittelfinnland abgestempelt worden sind.

Eine von Sofias Postkarten steckte als Lesezeichen im
Buch *Ichigo Ichie*. Das Buch bewegte sich eines Abends
auf dem Bauch in gleichmäßigen Bewegungen auf- und
abwärts. Da rumpelte Juha zur Schlafzimmertür hinein
und rief aufgeregt:

Nordlichter!

Ichigo Ichie fiel auf den Boden. Es war an einem Oktober-freitagabend so gegen elf Uhr. »Nordlichter, komm schnell!« Auch Sofia und Anna wurden alarmiert. Wir schnappten uns unsere Bettdecken und öffneten die Balkontür. Da standen wir zu viert dicht beieinander in Decken eingemummelt und betrachteten den klaren Sternenhimmel. Wir bewunderten die riesigen grünen Formationen, die einen langsamen Nachttanz aufführten, sich ganz bedächtig bewegten und ihr Aussehen ständig veränderten. Es war völlig still, nur einige »Oohs« und »Wows« waren zu hören. Einige schnelle, zackige Lichter mischten sich am Himmel unter und erhellten ihn zu einem sattgrünen, prächtigen Naturkunstwerk. Hinzu kamen rötliche Nordlichter, die sich in schrägen Streifen mit dem Grün ablösten. In dieser Nacht gingen wir lächelnd schlafen.

Die Lichtkunstwerke am dunklen Himmel erinnerten an ein Pärchen im Zug.

Zwei Diamanten in der Grotte

An einem Novembermorgen fuhr ich mit dem Zug zu einem Seminar nach Tampere. Es war dunkel und feuchtgrau. Nieselregentropfen blitzten auf der Jacke, die im grellen Zugabteilneonlicht beim Anfahren des Zuges müde mitwackelte. An Schlafen würde bei der Beleuchtung nicht zu denken sein.

Das Abteil war fast leer. Es gab hier nur eine in die Leere schauende ältere Dame in Novemberkleidung und einen schlafenden jungen Mann mit heruntergeklapptem Kinn. Auch die beiden Plätze mir gegenüber waren unbesetzt. Es tat gut, die Beine auszustrecken. Die Augen wollten zufallen. Vielleicht würde es ja doch mit einem kleinen Nickerchen klappen.

Etwa eine Stunde später dämmerte es. Wir hielten an einer kleinen Station. Das Abteil hatte sich mittlerweile gefüllt, und auch hier stiegen Leute ein. Die Neonröhren wurden ausgeschaltet. Mir gegenüber setzte sich ein älteres Pärchen, das mich freundlich begrüßte und anlächelte. Sie brachten Farbe ins Abteil: Der Mann trug einen azurblauen Pullover. Er hatte silberweißes, etwas gelocktes Haar und sehr blaue Augen. Die Frau trug einen Hosenanzug in einem warmen Gelbton, der hervorragend zu ihren grünbraunen Augen passte. Ihre schon ergrauten langen Haare mit den rötlichen Strähnen waren zu einem langen Zopf gebunden. Ihre hübschen Fältchen um Augen und Mund verrieten mir, dass sie in ihrem Leben schon viel gelacht hatte. An ihr war zu sehen, dass Schönheit nicht unbedingt etwas mit Jugend zu tun haben muss. Die beiden strahlten Zufriedenheit und Lebensfreude aus. Sie liebten sich. Es war völlig eindeutig durch ihre Körpersprache, ihre gegenseitige Achtung und Höflichkeit und den Respekt, den sie voreinander hatten. Es war eine Freude zu beobachten, wie sie miteinander scherzten, sich an alte, lustige Episoden aus dem Leben erinnerten und sich gegenseitig Kaffee eingossen. Auch mir wurde etwas angeboten (»Keine Widerrede!«). Wir unterhielten uns angeregt über Pflanzen und das Gärtnern. Die gute Laune und Lebensbegeisterung wirkten ansteckend. Die beiden waren Freunde botanischer Gärten und hatten geplant, im nächsten Sommer nach Großbritannien zu reisen, um mehrere Gärten zu besuchen. Jetzt waren sie auf dem Weg zum Weihnachtsmarkt in Helsinki. Der Mann im blauen Pullover strahlte mich an: »Schön bummeln, die Stimmung genießen, ein paar Weihnachtsgeschenke kaufen und Glühwein trinken, weiter haben wir nichts geplant.«

Der Zug fuhr in Tampere ein. Wie schnell die Fahrt gegangen war! Wir tauschten Telefonnummern und Adressen aus, denn wir wollten uns im nächsten Frühjahr gegenseitig Blumensamen schicken und vielleicht schon im Herbst Pflanzenableger tauschen.

Die beiden leuchteten im Grau des Abteils wie zwei seltene Edelsteine in einer Felsgrotte.

Schon einige Wochen später trafen wir uns in Oulu wieder, denn Pekka, der silberweiße Herr, hatte mehrere Pflanzenableger ausgegraben und war bereit für den Pflanzentausch.

Mit dem Zug war es bis nach Oulu von uns nur eine knappe Stunde, und vom Bahnhof gab es eine direkte Busverbindung zu dem Haus des fröhlichen Pärchens.

Lederklamotten und Runzelhände

Der Bus würde jeden Augenblick abfahren. Durch das beschlagene Fenster war zu sehen, dass auf der Straße viel los war. Es war kurz nach vier, Berufsverkehr. An einem Zebrastreifen wartete ein sehr altes, gebücktes Pärchen Hand in Hand darauf, dass jemand anhalten würde. Aber niemand hielt an, die Autos rauschten vorbei. Dort standen sie und trauten sich nicht, die Straße zu betreten.

Eine Gruppe von Motorradfahrern tuckerte auf chromglänzenden, gut gepflegten Harleys durch die Stadt. Einige der lederbekleideten Männer trugen lange, geflochtene Bärte, die beim Fahren leicht im Wind wehten. Sie näherten sich dem Zebrastreifen, an dem das Pärchen wartete. Der erste Fahrer der Kolonne hob die Hand, um die Gruppe zum Anhalten zu bringen. Sie wurden langsamer und stoppten. Zwei junge Männer klappten die Seitenständer ihrer Räder auf, stiegen ab, nahmen ihre Helme ab und legten sie auf ihre Sitze.

Es war nicht zu hören, was sie sagten, sie näherten sich jedoch dem Seniorenpärchen, fassten sie unter und halfen ihnen über die Straße. Die großen Typen in ihren schwarzen Lederklamotten machten langsame, große Schritte, und das kleine Pärchen tippelte in ihrer Mitte mit. Auf der anderen Seite angekommen, hoben die Fahrer zum Abschied die Hand, setzten sich wieder auf ihre Räder und fuhren an. Zum Abschied hupten die Fahrer fröhlich, und die beiden Alten winkten ihnen lächelnd nach.

Zum Glück gibt es bei uns im Ort keinen extremen Berufsverkehr, und die Autos halten an, wenn jemand am Zebrastreifen steht. Juhas Eltern Elli und Hannu sind also in Sicherheit. Trotzdem kann es schon mal zu »innerem Berufsverkehr« kommen, denn manchmal drängeln sich im Kalender die Termine.

Renée und Paloma

Die Vorfreude auf ein freies Wochenende wuchs während der Arbeitswoche ständig und hatte am Freitagnachmittag ihren Höhepunkt erreicht. Nach einer vollgestopften Woche mit Seminaren, Webinaren, Telefonaten, Vorträgen und diversen anderen Aktivitäten wurde der Gedanke an zwei Tage ohne Termine und Verpflichtungen immer reizvoller, lockte auch der Gedanke ans Alleinsein. Zufälligerweise waren alle Familienmitglieder verreist. Juha war mit seinen Freunden zum Angeln nach Lappland gefahren, und Anna verbrachte das Wochenende bei ihrem Freund Timi.

Ich würde mein Bauchgefühl bestimmen lassen. Gleichzeitig schien es mir interessant, die Dinge und Entscheidungen dem Zufall zu überlassen. Die Übung begann am Freitagabend. Es gab viele schöne Optionen, den Abend zu verbringen, die Intuition durfte sie alle aufschreiben. Zettel mit verschiedenen Genussmöglichkeiten füllten den Küchentisch. »Ein gutes Buch am Kamin lesen.« »Tatzenwanne mit Edelschaum und Buch.« »Sushi bestellen.« »Klavierabend.« »Malen.« »Weihnachtsrezepte durchblättern.« »Kekse backen.« »Guten Wein trinken und Musik hören.« »Karten basteln.« Sie landeten zusammengefaltet in einer kleinen Schüssel.

Ich ließ den Zufall entscheiden: das Lesen eines guten Buches am Kamin. Es machte Spaß, am Bücherregal zu stehen, besonders schön gebundene Bände herauszuziehen, mit den Fingern darüber zu streichen, sich einzulesen und der Stimmung entsprechend das Richtige auszusuchen. An jenem Abend kamen Ernst Pentzoldts *Powenzbande*, Muriel Barberys *Die Eleganz des Igels*, Gabriel Garcia Marquez' *Hundert Jahre Einsamkeit*, Charles Dickens' *Große Erwartungen*, Henry David Thoreaus *Walden* und Marc Twains *Die Abenteuer des Huckleberry Finn* mit zum Lehnstuhl am Kamin, wo schon ein wärmendes Feuerchen knisternd und brannte. Diese wunderschönen, liebevoll gestalteten Bücher! Besonders verlockend sah das Buch von Charles Dickens aus, denn es war in graublaues Leder eingeschlagen und hatte silberne, schwach glitzernde Einstanzungen. Wie gut sich der Einband und das dünne Papier zwischen den Fingern anfühlten. Doch auch die Wahl des Buches durfte der Zufall entscheiden. Es war *Die Eleganz des Igels*, die ich mit geschlossenen Augen aus dem Stapel zog. Im Licht des Kaminfeuers und zu den Klängen von Ludovico Einaudi erwachten die Außenseiter Renée und Paloma in ihren Pariser Wohnungen und erzählten von ihrem Leben.

Hockwein

Es lohnt sich, sich eine persönliche Sammlung an schönen Wörtern anzulegen. Es kann der Klang sein, der einen anspricht, oder aber die Bedeutung, vielleicht sogar das Aussehen des Wortes, und im besten Fall ist alles in einem Wort enthalten. Wörter wie *Blümchenkaffee*, *Schneegestöber* oder *Samtpfote* fühlen sich gut an.

Die persönliche Sammlung kann auch ohne Weiteres Familienwörter und Eigenkreationen enthalten. Familienwörter sind sympathisch und vereinend. *Girgeln* wird wohl kaum jemand verstehen. Es bedeutet so viel wie *schmusen, sich zärtlich aneinanderkuscheln*. In zweisprachigen Familien kann es zu Kreationen wie *staubsaugata* (deutscher Verbstamm und finnische Verbindung, bedeutet *staubsaugen*), *schönempi* (das deutsche Adjektiv kombiniert mit der finnischen Komparativendung, bedeutet *schöner*) oder etwa *der Pompul* oder *das Sämpyl* kommen (das finnische Wort *pompula* bedeutet *Haargummi*, *sämpylä* bedeutet *Brötchen*, sie wurden kurzerhand eingedeutscht).

Im Finnischen gibt es auch wunderbare Wörter, die in der deutschen Sprache keine Entsprechung haben. So zum Beispiel das Wort *kyykkyviini*, das direkt übersetzt *Hockwein* bedeutet und ohne Erklärung völlig unverständlich ist. In Finnland dürfen starke Weine nur im staatlichen Spirituosengeschäft *Alko* verkauft werden.

Dort werden sie so nach Preisklassen geordnet, dass die billigsten Weinflaschen im untersten Regal liegen und dass man sich hinhocken muss, um sich eine zu nehmen. Daher das Wort *Hockwein*, das also *Billigwein* bedeutet.

Sich auf das Sofa zu legen und die persönliche Wörtersammlung durchzulesen ist entspannend und beflügelnd.

Für Juhas Geburtstagswein war ein Hinhocken nicht nötig. Er sollte etwas richtig Erlesenes bekommen.

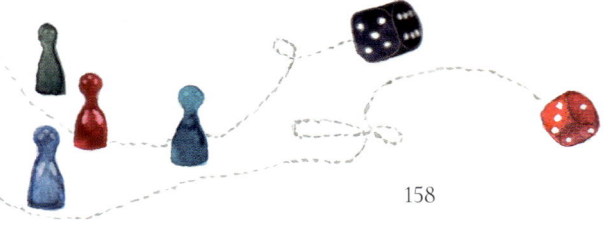

Dicke Luft in der Gruft
und Kerzenschein

Das Haus war vollgepackt mit guten Menschen, die alle Juhas Geburtstag feiern wollten. Anna und Timi waren zu Hause, und auch Sofia, Joel und Jesperi waren angereist. Im Flur türmten sich Schuhe und Jacken. Nach freudiger Begrüßung und dem Austausch der wichtigsten Neuigkeiten beschlossen wir, gemeinsam zu kochen. Timi raspelte die Mohrrüben und presste Knoblauch. Anna kümmerte sich um den Reis und die Soße. Juha ging den Lachs räuchern. Sofia und Joel schnippelten Gemüse und ich bereitete eine Mousse au chocolat vor. Wir plauderten, probierten, kommentierten, diskutierten und fühlten uns wohl miteinander. Anna und Sofia deckten liebevoll den großen Tisch in der Küche, zündeten die zehn Kerzen auf dem großen Leuchter an, und dann genossen wir unser Festmahl mit gutem Rotwein, Lachen und Lebensfreude. Nach dem Essen legten wir uns kurz hin, bis wir uns nach einer Weile zum Spielen in der Küche wiedertrafen. Wir begannen mit dem *Verrückten Labyrinth*. Dann spielten wir eine Runde *Dicke Luft in der Gruft* und bis spät in die Nacht *Trivial Pursuit*. Müde und zufrieden gingen alle schlafen.

Auf dem Schreibtisch wartete schon eine alte Holzkiste auf den nächsten Tag.

Fin de Bagnol im Papierschächtelchen

In einer hölzernen, ehemaligen Karteikartenkiste befindet sich ein Schatz in Form einer Pflanzensamensammlung. Wenn im Garten die Pflanzen verblüht sind, bilden sie lustige Samenkapseln, die eine eigene Kunstausstellung verdient hätten. Die Natur hat sich interessante Formen ausgedacht. Sich bei einem Rundgang auf die Formen der Samenkapseln zu konzentrieren ist sehr inspirierend. Im Garten gibt es hunderte dieser kleinen Wunder zu entdecken.

Vor dem Haus wächst der Klatschmohn mit seinen gekrönten Buddhakapseln. Die Naturinstallation von sechzehn Bällen auf verschiedenen Höhen und in unterschiedlicher Größe bewegt sich im leichten Sommerwind. In ihnen wohnen sandkorngroße Krümelsamen. Es ist ein Wunder, wie aus so einem kaum sichtbaren Krümelchen eine so stattliche Blume werden kann. Neben dem Mohn wächst Akelei, und auch sie hat schon ihre geschwungenen Glockenkelchkapseln bekommen, deren Samen eine phantastische Farbenwelt für das nächste Jahr in sich tragen. Die Skala der einfarbigen Blüten reicht von einem fast schwarzen Violett über hellere Rosa- und Lilatöne bis zu einem blendenden Weiß. Gemeinsam bilden sie ein sehr harmonisches Ganzes. Die Kapseln halten auch Überraschungen bereit, denn Akelei kreuzt sich selbst. Einige der Samen werden zweifarbige Kreationen hervorbringen. Die Sumpfschwertlilie bildet Kapseln in Zigarrenform. Sie hat sich dazu entschlossen, ihre pfannkuchenförmigen, braunen Samenplättchen in mehreren aneinander liegenden Reihen anzugliedern. Neben dem Apfelbaum vor dem Haus wachsende Netzblattpfingstrosen zeigen stolz ihre sternförmigen Kapseln mit den glänzend schwarzen Köpfchen, die aus der Tür ihres Zuhauses neugierig in die Welt lugen.

Es ist sinnvoll, im Gemüsegarten nicht alle Hülsenfrüchte zu ernten, sondern einige in Ruhe samen zu lassen. In den Schoten bilden Bohnen ihre leicht ovalen Kerne. Jede Bohnenart hat eine ganz individuelle Größe und Farbe. Besonders faszinierend ist die Sorte Aramis mit ihren beige-blauvioletten Sprenkeln, die weinrot-weiß gefleckte Cannelino Rosso oder die edle Fin de Bagnol mit einer altrosa Grundfarbe und beigen Aufhellungen. Welcher Designer hat nur all diese fantastischen Farbkombinationen kreiert? Jetzt schlummern die Samen in der Holzkiste in kleinen, aus buntem Papier gebastelten Schächtelchen und träumen vom nächsten Frühjahr. Sie sehen nebeneinander sehr hübsch aus in ihren verschiedenen Formen, Farben und Größen.

Cannelino Rosso erinnert an das Muster der Trainingshose eines Ballettvaters.

Menschenbäume

Ballett ist seit dem sechsten Lebensjahr ein wichtiger Teil meines Lebens. Da es nicht möglich war, hier im Ort Ballett zu tanzen, bot ich der lokalen Volkshochschule vor etwa zwanzig Jahren an, selbst Ballett zu unterrichten.

Seitdem gab es hier Ballettkurse. Das Angebot wuchs mit den Jahren: Aus zwei Kinderballettgruppen wurden fünf und auch Erwachsenenballettgruppen existierten über mehrere Jahre.

Einige der Eltern einer Märchenballettgruppe für Kinder im Alter von fünf bis sechs Jahren fragten des Öfteren, ob sie den Kindern beim Tanzen zugucken dürften. Normalerweise sollen die kleinen Tänzerinnen und Tänzer in der Kindergruppe ungestört ohne Publikum tanzen. Auch dieses Mal war Zugucken keine Option. Deshalb wurden die Eltern eingeladen, an der nächsten Stunde mit dem Thema *Wald* teilzunehmen.

Im Flur des Ballettsaals warteten dann erstaunlich viele Leute in fröhlich gemusterten Trainingshosen und T-Shirts. Darunter waren auch mehrere Väter und einige Großmütter. Einer der Väter trug im Partnerlook mit seiner Tochter eine enganliegende Hose mit einem Cannelino Rosso-Muster. Die Stimmung war erwartungsvoll und gleichzeitig auch ein bisschen angespannt. Wir begannen mit einer Bärenhöhlenübung, in der der kleine Bär in der Bärenhöhle zuerst aufwacht und den großen Bären mit allen Mitteln zu wecken versucht. So langsam entspannten sich die Väter, und sie schmunzelten bei den Kitzelweckversuchen ihrer Kinder.

Jetzt sollten sich die Eltern hinknien, ein Bein anwinkeln und Bäume imitieren, indem sie ihre Arme und Finger wie Äste ausstreckten. Die Tänzerinnen und Tänzer hatten die Aufgabe, sich als Vögelchen auf das angewinkelte Bein zu stellen. Es wurde zunehmend lustiger und ausgelassener. Danach stellten sich die Erwachsenen als dichten Wald in einen kleinen Teil des Saals und die Kinder wurden zu Waldtieren, die jeden Baum umrunden mussten, um aus dem Labyrinth wieder heraus-zufinden. Es folgten mehrere Lauf- und Sprungübungen. Mütter, Omas und Väter sprangen zu feurigen Klängen hoch, und die Kinder klatschten Beifall.

Zuletzt bildeten die Eltern und Großeltern einen Tunnel, den die kleinen Waldtiere durchquerten. Danach stellten sich die kleinen Bäume in Paaren in eine Reihe und bildeten eine Allee, den die guten Dinosaurier zu durchschreiten hatten. Zum Schluss legten sich die klei-nen Bären im Schummerlicht wieder zu den großen Bä-ren in die Höhle. Besonders schön war es, die Väter beim Tanzen zu beobachten. Wer hätte das gedacht.

Das Gefühl nach der spannenden Stunde erinnerte mich an den erleichternden Moment beim Klicken des Wört-chens *Abschicken*.

Der Smiley

Es war der Moment, in dem ich nach knapp zweiwöchigem Schreiben eines Projektantrags erschöpft am Schreibtisch saß, auf *Abschicken* klickte und den Computer ausschaltete. Es war tatsächlich vorbei! Jetzt verschwand das Chaos auf dem Schreibtisch, die Notizzettel flogen in den Mülleimer und die Bücher standen bald wieder in einer Reihe. So langsam verlagerte sich die äußere Aufgeräumtheit nach innen. Frische Luft würde mir helfen, um den Kopf wieder frei zu bekommen. Draußen heulte herzzerreißend ein Oktobersturm, und Katze Tigerson sah mich fragend an: »Wirklich?« Ja. Es war doch nur eine Frage der Bekleidung. Mit Regenjacke, Gummistiefeln und dem großen, roten Regenschirm war ein Spaziergang im Sturm ohne weiteres möglich.

Es tat gut, durch die menschenleeren Straßen zu spazieren und tief die saubere Luft einzuatmen. Eine gute Stunde später wieder zu Hause angekommen, fühlte

166

sich der Körper trotz Bewegung und der warmen Regenklamotten kalt an. Ich trug Haruki Murakamis *Perlentaucher*, ein Glas Rotwein und mehrere Kerzen ins Badezimmer zur alten Wanne mit den Löwenfüßen. Die Kerzen spendeten warmes Licht. Der Geruch des Bananenschaumbads, das Gefühl des warmen Wassers auf der kalten Haut und ein Versinken in Murakamis Welt bei flackerndem Kerzenlicht ließen alles andere vergessen. Die Katze Lux sprang auf den Stuhl neben der Wanne, rollte sich zusammen und schlief ein. Nur ein leises Katzenschnurchelgeräusch war zu hören.

An der dunklen Saunaglastür gegenüber der Wanne wurde ein Smiley sichtbar, den Sofia mir einmal auf das beschlagene Glas gemalt hatte, als sie schon in der Dusche war und ich noch in der Sauna saß. Sie war jetzt erwachsen geworden, von zuhause ausgezogen, wahrscheinlich für immer. Die Glastür sollte nie wieder abgewaschen werden.

Kerzenschein. Ja. Zum Herbst gehörten auch freundliche Gespräche im Gewächshauskerzenlicht.

Der Gewächshaus-
kerzenscheinmoment

Jedes Jahr ist das Gewächshaus Anfang Oktober ein wilder Tomatendschungel. Meterhohe Pflanzen präsentieren stolz ihre letzten, prächtigen Früchte und verströmen einen betörenden Duft. So auch in diesem Jahr. Jeden Morgen lagen auf dem Kopfsteinpflasterboden einige abgeworfene, rote Schönheiten. Die Chilis und Paprikas waren auch fast reif. Bald würden die ersten Frostnächte einsetzen. Deshalb war es an der Zeit, das Gewächshaus auszuleeren und zu säubern. Die Tomatenpflanzen landeten auf dem Komposthaufen. Der grüne Plastikeimer war randvoll mit roten, reifen Bällen und auch einigen Früchten, die auf dem Küchenfensterbrett nachreifen sollten. Die Chilis und Paprikas durften noch eine Weile auf dem Hängebrett weiterwachsen. Sie würden es vielleicht noch schaffen.

Etwa zwei Stunden später war das Gewächshaus aufgeräumt. Blumentöpfe und Unterteller warteten in hohen Stapeln auf den nächsten Frühling. Die Gartengeräte hingen zufrieden wie eine grau-grüne Installation an der Wand und erholten sich von den Strapazen des Sommers. Jetzt passte auch der kleine, runde Gartentisch mit den vier zierlichen Klappstühlen ins Häuschen. Die grauen Sitzpolster und die weiße Tischdecke harmonierten gut mit dem graubraunen Blumenregal und dem silbergrauen Arbeitstisch. Auch die zahlreichen Windlichter aus dem Schrank im Schuppen fanden zurück zu ihren Herbstplätzen. Neue Kerzen warteten auf die Dunkelheit. Jetzt war die Zeit für Gewächshauskerzenscheinmomente gekommen.

Am Abend saßen wir bei dampfendem Glühwein und Pfefferkuchen im Gewächshaus. Wir waren umgeben von einigen letzten Chilis und Paprikas, brennenden Kerzen und heulendem Oktoberwind, eingewickelt in Wolldecken und tiefe Freundschaft.

Um das Gewächshaus wehte im Sturm ein Ahornblattkonfettiregen in den prächtigsten Gelb- und Orangetönen. Die Natur feierte noch ein letztes Mal vor der dunklen, kalten Zeit.

Blättergemälde

An einem sonnigen, kühlen Herbsttag wehten orange und gelbe Ahornblätter am Fenster vorbei. Kurze Zeit später gingen wir Hand in Hand los in unseren Lederstiefeln und selbstgestrickten Wollpullovern. Die frische Luft roch nach Lebenslust, Nostalgie und Abschied. Die Bäume boten ein prächtiges Farbenfeuerwerk. Die Natur feierte ihr Herbstfest vor dem bevorstehenden langen Winter und hatte dazu Bäume, Büsche, den Wind und das Wasser als Künstlerehrengäste eingeladen. Sie zeigten in ungebändigter, ausgelassener Stimmung ihr Können. Die Ulme hatte den Weg vor der Bäckerei mit ihren gelben Blättern geschmückt. Pappelblätter verzierten den Boden vor der Buchhandlung. Ahornbäume, Weiden und Birken hatten aus dem Parkrasen ein Gemälde gestaltet. Der gesamte Park leuchtete in einem warmen Licht. Der Wind wirbelte bunte Blätter durch die Luft und tanzte mit ihnen einen wilden, fröhlichen Herbsttanz. Auf dem schwarzen Flusswasser hatten hellgelbe Blättergruppen runde Formationen gebildet, die sich fröhlich im Kreis drehten. Am Wasser lagen Lindenblätterdünen in üppigen Größen und Farben. Während des Spaziergangs lächelten viele der entgegenkommenden Menschen zurück. In ihren Gesichtern spiegelte sich Lebensfreude, Kraft und Wärme.

Jetzt schmücken sechzehn gepresste, aufgeklebte und eingerahmte Lindenblätter die Wohnzimmerwand. Sie haben einen schlichten, weißen Rahmen mit einem Passe-partout bekommen und sind nach Farbtönen geordnet.

Dann kam der November und die ersten Nachtfröste setz-ten ein.

Der Helfer in
der Dunkelheit

Als eine knapp einstündige Zugfahrt zur Arbeit in die
Nachbarstadt noch zum Alltag gehörte, wartete einmal
am Bahnhof ein klapperiges Zweirad, das Herbststür-
men, Novemberschneematsch und klirrendem Januar-
frost trotzte. Die Bremsen des violetten Ungetüms funk-
tionierten nur schwach. Eines Nachts hatte es geregnet,
und das Wasser war am Morgen zu einer unsichtbaren
Eisschicht auf dem Asphalt des Fahrradwegs festgefro-
ren. Es war stockdunkel. Das Fahrradschloss wollte zunächst nicht aufgehen, doch nach kurzem Anpusten des
Schlosses schnappte es schließlich auf.

Leicht wackelig ging es los. Nach etwa zweihundert
Metern Fahrt wurde der Weg leicht abschüssig und das
Fahrrad wurde schneller, sodass die Füße mitbremsen
mussten. Die Ampel war schon sehr nah und es kam, wie

es kommen musste: Das Fahrrad begann zu schlittern und ich stürzte – fast. In letzter Sekunde hatte mich jemand aufgefangen. Es war der junge, missmutig aussehende junge Rocker, wahrscheinlich ein Auszubildender der nahegelegenen Berufsschule, der schon so oft morgens zu genau derselben Zeit an der Ampel gewartet hatte und auf ein »Guten Morgen« immer nur mit einem leichten Gemurmel antwortete.

Etwa eine Woche später standen wir wieder gemeinsam an der Ampel, dieses Mal begrüßten wir uns. »Na, schon Fahrrad fahren gelernt?«, fragte er. Wir grinsten uns an. Seit diesem Tag liefen wir öfter mal gemeinsam den Berg zur Schule hoch. Es wurde nie viel gesprochen, aber wir verstanden uns trotzdem blendend. So viel war aus ihm herauszubekommen, dass er Jyri hieß und Elektrotechnik studierte.

Der Spätherbst ist die Zeit des intensiven, konzentrierten Arbeitens bei Tischlampenschein und dampfend heißem Tee mit Honig, eingewickelt in den warmen Mantel der Dunkelheit.

Teergeruch und Holzknacken

Nach einem langen Arbeitstag am Schreibtisch war mein Kopf so voller Gedanken, dass es etwas schwierig war mit der Geistesgegenwärtigkeit. Immer wieder flüchteten die Gedanken in den Strudel ungelöster Probleme und unerledigter Aufgaben. In solchen Momenten helfen Sport, Springen in kaltes Wasser oder extreme Hitze. Die Sauna. Ja, sie würde helfen.

Im Schuppen warteten schon die Holzscheite auf den Transport in die Sauna. Mit ein paar Kerzenstummeln und Birkenrinde war das Feuermachen kinderleicht.

Eine knappe Stunde später war alles bereit. Hinter der Glastür des Saunaholzofens tanzten munter die Flammen. Auf der obersten Saunabank stand ein Kübel mit Wasser für den Aufguss bereit. Eine Kelle mit Wasser landete auf den heißen Steinen. Es zischte laut und Dampf stieg auf. Die Hitze ließ meine Gedanken stillstehen, ich schloss die Augen, um den Wärmeschwall konzentriert aufnehmen zu können. Die Augen geschlossen zu halten half, das Chaos im Kopf loszuwerden. Die Sauna war ein idealer Ort, um das Wahrnehmen mit allen Sinnen zu trainieren.

Zuerst war das Fühlen an der Reihe. Das Holz der Bank war glatt und kühl. Der Metallkübel hatte eine gerippte, heiße Oberfläche, sein Griff war aus grobem Holz. Auf der Bank lag ein Schwamm, dessen eine Seite sich weich und trocken, deren andere Seite sich rau anfühlte. Die Rauheit war jedoch anders als beim Holzgriff, denn er hatte keine Fugen. Wolkenhügelige Rauheit und Holzfugenrauheit. Die gläsernen Kerzenständer fühlten sich glatt und angenehm an. Das kühle Wasser im Kübel hatte etwas von Omas Seidenschal. Schweißtropfen rannen kitzelnd den Rücken hinunter.

Jetzt war das Riechen an der Reihe. Feuerholz und ein bisschen Rauch. Aromaölteergeruch. Ein Hauch Parfüm am Handgelenk. Haargel. Kiefernseife.

Es kam das Hören dazu. Das beruhigende Geräusch brennenden Holzes. Das leise Soggeräusch des Luftschachts. Irgendwo ein bellender Hund. Im Wohnzimmer unterhielten sich zwei Personen.

Dann das Schmecken. Ein Apfelmusgeschmack im Mund. Ja, vor der Sauna hatte ich es probiert. Auch Vanille und Kaffee. Oberlippenschweißsalz.

Kleine Sinnesreisen öffnen ganz neue Welten. Sie beruhigen und machen aus Kopfdschungelchaos gepflegte Gärten.

Auf die kleine Wasserpfütze vor dem Saunaofen fielen beim Aufgießen ein paar Tropfen. Sie glichen der Pfütze, die Teil eines Bushaltestellenmoments im November war.

Gerader Rücken
und Manschettenknöpfe

Es stürmte und regnete an jenem Tag im November, an dem der Bus zum Hotel einfach nicht kommen wollte. Im Seminar hatten mehrere anstrengende Individuen gesessen, deren Verhalten hervorragend zum Wetter passte und die es noch grauer zu machen versuchten, als es eigentlich war. Muffig stand ich unter dem Dach der Bushaltestelle und brummelte vor mich hin. Selbst der bunte Regenschirm spendete keinen Trost. Der Kopf war voll von Bildern: Schlecht lackierte Fingernägel, dummdreiste Behauptungen, pinker, billiger Lippenstift, aufgerissene Münder, aus denen laute Lacher kamen, Haarlack und Dauerwelle, unechtes Gehabe, ein Höllentheater, in dem versucht wurde, die eigenen akademischen Heldentaten anzupreisen und sich zur Schau zu stellen. Erstaunlich, dass es solche Mengen an innerer und äußerer Schminke tatsächlich noch gab und auch noch so komprimiert.

Zum Glück sind Gefühle kontrollierbar. Ich wollte nicht muffig sein und dachte deshalb an Rudolfs Dreiecksnase mit den Sprenkeln. Auch das Konzentrieren auf eine Wasserpfütze half. So langsam verschwand die Bilder- und Reizkakophonie aus dem Kopf, und es gab nur noch die Wassertropfen, die auf die Pfütze prallten.

Endlich kam der Bus. Die Tür öffnete sich. Am Steuer saß in aufrechter Haltung ein gepflegt aussehender älterer Herr in Busfahreruniform, mit Mütze und Krawatte, weißem Hemd und Manschettenknöpfen. »Einen hervorragenden Tag, meine Dame, wo darf's hingehen? Ich sehe, Sie sind ja ganz durchnässt. Hier, trocknen Sie sich doch Ihr Antlitz ab.« Ihr Antlitz! Er reichte mir ein Stück Haushaltspapier. Seine Fingernägel waren makellos sauber und poliert. Er lächelte mich breit an, lüftete seinen Hut, und schon ging die Fahrt weiter.

Nach der Seminarwoche war es Zeit für die Heimfahrt. In einem kleinen Geschäft am Bahnhof kaufte ich Proviant und sechs Kerzen für die stillen Freunde.

Bei den vergessenen Freunden

Auf dem nahegelegenen Friedhof gibt es ein Eckchen, in dem sechs eiserne Grabkreuze stehen. Sie sind alt, auf dem ältesten Kreuz steht das Datum 5.6.1765. Zu Allerheiligen und zu Weihnachten, wenn die Menschen Kerzen an den Gräbern ihrer verstorbenen Verwandten anzünden und den Friedhof in ein Lichtermeer verwandeln, bleibt diese Ecke immer unbeleuchtet. Das ist herzzerreißend, und deshalb sind im Einkaufswagen kurz vor Allerheiligen und vor Weihnachten immer sechs Grabkerzen, die wir zu den Vergessenen bringen.

Manchmal bekommen sie bei einem Spaziergang Besuch. Trotz etwas einseitiger Konversation macht es Spaß, sich mit ihnen zu unterhalten. Seit neuestem blühen dort plötzlich Akelei, Kornblumen und Ringelblumen. Seltsamerweise ähneln sie sehr den Gartenblumen, die auch bei uns wachsen.

Geflüster und Treppenknarren

Juha, Sofia und Anna kamen um neun Uhr zum »Wecken«. Ich hatte es gerade noch geschafft, an diesem Dezembermorgen die Nachttischlampe auszuknipsen. Mit geschlossenen Augen und leichtem Schnarchgeräusch simulierte ich Tiefschlaf. Jetzt war das Knarren der Treppe schon deutlich zu hören. Es wurde von einem lauten Flüstern untermalt. »Mann ... Anna, leise jetzt, sie wacht doch auf!« Ich grinste und vergrub mein Gesicht im Kissen. Gleich würden sie da sein mit dem traditionellen Frühstückstablett und den Geschenkchen. Das Gefühl von Spannung und Vorfreude durchströmte den Körper wie in Kinderzeiten. Die Tür wurde aufgerumpelt, drei Pyjamagestalten erschienen im Kerzenlicht. »Herzlichen Glückwunsch zum Geburtstag!«

Kaffee, Schokolade, ein Croissant, Physalis und Gartenblaubeeren waren hübsch auf dem Tablett angerichtet. Auch den Geburtstagskerzenhalter, einen Fliegenpilz aus Holz, hatten sie aus der Geburtstagskiste geholt und eine weiße, kleine Kerze hineingesteckt, die jetzt in der Mitte des Tabletts vor sich hin flackerte. Juha verschwand noch einmal kurz im Flur. Es raschelte laut, Anna und Sofia kicherten, dann kam er zurück und überreichte mir eine prachtvolle Hortensie. Er hatte eigenhändig eine große Schleife um den Topf gebunden, die ein bisschen verknüllt und schief dranhing.

Anna und Sofia gaben mir ein kleines, sorgfältig und schön eingepacktes Geschenk. Es war ein Eau de Toilette. *Light Blue* von Dolce & Gabbana. »Das hattest du immer, als wir klein waren. Das ist sooo Mama, dachten wir.« Oh ja. Dieser Duft trug Kinderlachen in sich, vergangene Glücksmomente, Sommerfahrradtouren, klebrige Eismünder, Schals im Herbststurm und abendliches Märchenlesen unter einer Decke vereint. Wir sprühten uns damit ein und lächelten uns an.

Der Duft begleitete uns den ganzen Tag ganz ähnlich wie die Celloklänge des Musikers.

Das Weihnachtskonzert

Die Musikanten schritten ernst durch den Gang und setzten sich ruhig auf ihre Plätze. Zuletzt nahm der junge Cellist Platz. Als die ersten Celloklänge ertönten, durchfloss die Musik den Körper wie ein wärmendes Feuer. Er spielte *Benedictus* von Karl Jenkins. In langen, langsamen Tönen begann das Konzert. Der Cellist verzauberte den Raum mit glasklaren, singenden Klängen. Trost, Hoffnung, Kraft und eine Decke völliger Ruhe umhüllten die Seele. Alle Sorgen schwiegen. Ich war wie erstarrt vor Gänsehautherrlichkeit. Das Orchester antwortete dem Cellisten mit warmen Klängen. Wie eine Wiege schaukelte es ruhig das wiederkehrende Thema in den Raum. Der Chor setzte ein und begleitete die Musikanten mit hellen Stimmen. Noch den ganzen Tag klang die Musik nach und machte die Welt zu einem magischen, überirdischen Ort.

Nach dem Konzert spazierten wir durch die Winterwelt. Zu Hause rieben wir uns die kalten Finger warm und massierten uns die Zehen. Dies war ein passender Moment für den wertvollen Jasmintee der Japanerin Fumiko.

Teeblattkunstwerke

In der Küche steht eine Glaskanne ganz allein auf einem beleuchteten Regalbrett. Sie hat einen Ehrenplatz, denn sie ist von einer besonderen Dame, die Fumiko heißt und eine Teekennerin ist.

Wir lernten uns vor einigen Jahren zu Beginn einer internationalen Hochschulwoche kennen und sahen uns während jener Woche täglich. Eines Nachmittags nippten wir im Mensacafé an unserem Teebeuteltee und unterhielten uns über die Präfektur Shimane im Nordwesten Japans, aus der sie stammt. Fumiko kommt aus dem Ostgebiet Izumo, wo sie mit ihrer Familie inmitten von Mandarinenbäumen in einem dicht bewaldeten Tal wohnt. Während wir inmitten des Mensatrubels unsere Teebeutel ausdrückten, kamen wir auf gut zubereiteten Tee zu sprechen. Fumikos Augen begannen zu leuchten.

»Ich würde dich gerne zum Teetrinken einladen.«

»Dann würde ich gerne lernen, wie man Tee richtig zubereitet«, antwortete ich und deutete lachend auf die verschrumpelten Teebeutel, die auf der Untertasse lagen. Ihre Augen lächelten. »Gerne.«

Fumiko öffnete die Tür ihrer Gastlektorenwohnung und verbeugte sich zur Begrüßung. Mit zierlichen, kleinen Schritten bewegte sie sich grazil und leicht in Richtung Küche. Es war völlig still. Mit ihrem ganzen Wesen strahlte Fumiko eine starke, innere Ausgeglichenheit aus.

Sie war so stark, dass auch der eigene innere Welttrubel plötzlich innehielt und sich stattdessen ein wunderbarer Teppich des Wohlgefühls ausbreitete. Fumiko nahm mit sehr kontrollierten, ruhigen Bewegungen zwei gläserne Teekannen aus dem Regal. »Ich habe sie hier im Teeladen gefunden. Es geht einfach nicht ohne guten Tee.« Sie ließ Wasser in den Wasserkocher laufen und stellte ihn an. »Hier in Finnland ist das Wasser so gut, so schön weich. Beim Zubereiten guten Tees ist die Qualität des Wassers entscheidend. Es muss frisch sein und darf auf keinen Fall zweimal aufgekocht werden, da es sonst seinen Sauerstoff verliert. Möchtest du den Tee aussuchen?«

Sie öffnete den Küchenschrank, in dem mehrere hübsche, japanisch beschriftete Teepackungen aufgereiht waren.

»Hast du die alle mitgebracht?«

Sie nickte lächelnd und deutete auf eine schlichte, weiße Tüte mit schwarzer Aufschrift. »Dies ist ein grüner Tee, sehr aromatisch und gesund. Ein japanischer Sencha Superior Grade. Er riecht auch gut.« Es stimmte, er hatte ein wunderbares, starkes Aroma. »Und hier ist ein weißer Jasmintee aus China. Er ist besonders gut zum Entspannen und zur Erholung.« Ein sehr feiner Duft von Jasminblüten, milder als der grüne Tee. »Oder möchtest du lieber schwarzen Tee? Hier … der ist aus den Wäldern der Insel Yakushima.« Dies war der blumigste der drei Teesorten. »Und diesen schwarzen Rauchtee gibt es im

Kiyomizu-Dera-Tempel in Shimane zu kaufen.« Die Entscheidung fiel schwer, und nach kurzem Überlegen tippte ich auf den grünen Tee.

»Eine gute Wahl«, sagte Fumiko und lächelte. Sie maß sechs Teelöffel in eine der Glaskannen. »Hundert Grad ist für grünen Tee viel zu heiß. Wenn das Wasser aufgekocht ist, ist es gut zu warten, bis das Wasser etwa siebzig Grad warm ist. So bleiben die Bitterstoffe in den Blättern und nur die feinen Aromen gelangen ins Wasser.« Behutsam goss Fumiko das Wasser auf die grünen Teeblätter. »Das Schöne an Glaskannen ist, dass man dabei zusehen kann, wie sich die Blätter öffnen.« Tatsächlich. Die fast schwarzen Klümpchen entfalteten sich zu sattgrünen, im Wasser schwebenden kleinen Kunstwerken. Sie bildeten interessante, grünliche Farbenformationen, die sich im Wasser schlängelten.

»Grüner Tee braucht nicht lange zu ziehen. Ein paar Minuten reichen völlig aus.« Mit eleganten Bewegungen goss Fumiko den Tee durch ein Metallsieb in die zweite Kanne. »Fertig!« Sie deckte den flachen Sofatisch im Wohnzimmer mit zwei Teeschüsseln und zwei Tellerchen mit rosa Gebäck. An die Teller legte Fumiko gekonnt gefaltete Servietten mit einem filigranen, pastellfarbenen Blumenmuster. Dann legte sie zwei Sofakissen auf den Boden. Wir setzten uns im Fersensitz hin, sodass wir uns gegenübersaßen. Der Tee dampfte in der Nachmittagssonne und duftete verführerisch. Er schmeckte einfach fabelhaft.

Zum Abschied überreichte mir Fumiko mit einer leichten Verbeugung eine Pappschachtel mit dem Bild einer Glaskanne. »Lena-san«, sagte sie, »diese Kanne ist für dich. So haben wir beide die gleiche.«

Zu Hause fand ich in der Glaskanne das Tütchen mit dem Jasmintee.

Der Tee wartete lange auf den richtigen Moment. Der passende Augenblick kam am Tag des Weihnachtskonzerts. Wir saßen in der Küche, atmeten den feinen Jasminduft ein und nippten schließlich an dem köstlichen Getränk. Draußen hatte es zart zu schneien begonnen.

Eisblumenformationen

In der finnischen Sprache gibt es etwa dreißig Ausdrücke für Schnee. Das ist kein Wunder, denn während des Winters hat der Schnee je nach Temperatur einen ganz bestimmten Charakter. Der erste Schnee des Jahres heißt *ensilumi*. Für sehr wässrigen Schnee gibt es gleiche mehrere Ausdrücke. *Ajolumi* etwa bedeutet *Verwehungen trockenen Schnees durch starken Wind.*

Meistens schneit es bei uns zum ersten Mal Anfang November, manchmal sogar schon im Oktober. Jedes Jahr ist der erste Schneefall sehr willkommen, denn im dunklen, grauen und matschigen Spätherbst hellt er das Umfeld auf und verwandelt es in eine Zauberwelt. Wenn es dann ab Dezember anhaltend unter null Grad ist, bildet sich langsam eine bleibende Schneedecke. Weihnachten fühlt sich nur dann richtig an, wenn es draußen weiß und klirrend kalt ist. Gibt es genug Frost, füllen wir leere Saft- und Milchtüten mit Wasser, lassen sie über Nacht gefrieren und schälen dann am nächsten Tag die Eisziegelsteine aus den Packungen. Aus ihnen lassen sich hübsche, pyramidenförmige Eislichter bauen.

Jedes Jahr hoffen wir, dass genug Schnee fällt, um auf dem Fluss Langlaufski fahren zu können. Der mittlerweile pensionierte Besitzer des lokalen Sportgeschäfts zieht zur Freude der Einwohner mit seinem Motorschlitten und einem Anhänger eine Loipe auf dem Fluss. Das tut er jeden Winter, sobald es kalt genug ist und genügend Schnee gibt. Eine Sonnenscheinlanglauftour mit Kaffee und ein paar Butterbroten im Rucksack ist fabelhaft. Die Bewegung bei frischer, eisklarer Luft erzeugt ein wohliges Gefühl.

Wie in fast allen finnischen Orten gibt es auch hier ein Skigebiet mit Loipen verschiedener Längen und Schwierigkeitsgrade. Um den Bewohnern jedes Jahr das Skilaufen zu garantieren, wird in schneereichen Wintern der Schnee für die nächste Saison gesammelt. Er überdauert unter riesigen Planen den Sommer und wird dann im nächsten Winter bei Bedarf auf die Loipen verteilt. Auch Schneekanonen werden eingesetzt.

Eines Morgens im Dezember öffnete ich die Vorhänge. Der Schnee hatte den Garten über Nacht in eine funkelnde, weiße Welt verzaubert. In Nachthemd und Winterjacke betrat ich den Wundergarten. Auf der Glasveranda hatten sich nach der Frostnacht an den Fenstern sonnenglitzernde Eisblumenmeere gebildet. Blumen und Büsche waren mit weißem Zuckerguss bezogen und auf Blumentöpfen saßen zipfelige Schneehauben. Der Pavillon im kleinen japanischen Garten hatte sich zu einem glitzernden, magischen Plätzchen verwandelt. Die Lebensbäume präsentierten stolz und erhaben ihre weißen Wintermäntel. Auf der Schneedecke kreuzten sich Pfotenspurenlinien von Hasen, Katzen, Eichhörnchen und Spitzmäusen in verschiedenen Formationen. Unter der großen Tanne beim Holzschuppen lagen abgenagte Zapfen und Samenreste, und neben dem Auto waren mehrere Vogelspurentanzkreise zu entdecken.

Letzten Winter gab es so viel Schnee, dass wir uns im Garten ein Schneehäuschen bauen konnten. Baumaterial gab es genug. An einem Tag um die zwei Grad war mit einem ohrenbetäubenden Krach eine dicke Schneedecke vom Dach gerutscht und bildete um das Haus einen Wall von knapp zwei Meter Höhe. In den folgenden Tagen gefror der Schnee und wurde hart wie Stein. Daraus ließen sich mit einem Spaten ohne Weiteres passende Stücke ausstechen. Als Dach eignete sich ein ausgedienter Sonnenschirm und als Eingangstür diente ein Webteppich, der mithilfe eines Besenstiels vor Wind und Schnee schützte. Das Ganze bekam noch eine Dekoration aus Tannenzweigen und Schneeballwindlichtern.

In diesem Schneehäuschen verbrachten wir in warme Decken eingewickelt viele Kakaomomente bei Kerzenschein, und es war auch bei Annas und Sofias Freunden sehr beliebt. Eine der Decken war ein buntes Stück aus gehäkelten und gestrickten Flicken, die besonders unserem Patensohn Max ans Herz gewachsen war.

Der Häkelexperte

Max war fünfzehn, als er eines Tages aus Dänemark anrief und fragte, ob er im März zu uns kommen könnte. Er war im Sommer zuvor mit seiner Mutter und seinem Bruder auf der Durchreise nach Lappland bei uns gewesen und hatte schon damals den Wunsch geäußert, doch einmal ohne Anhang kommen zu können. Im März herrscht in Finnland noch Winter und es liegt Schnee. Die Tage sind allerdings schon viel länger. Die dunkelste Phase ist überstanden. Oft ist der März die beste Zeit zum Skilaufen und für andere Wintersportarten, denn das Wetter ist im Gegensatz zum Januar und Februar – wo es schon einmal knackig kalt bei minus dreißig Grad sein kann – oft angenehm. Wenn man bei so einer Eiseskälte Skilaufen geht, gefrieren einem die Wimpern, sodass es aussieht, als hätte man sich mit einer Wimperntusche aus Eis geschminkt, und den Männern wachsen weiße Bärte.

Max kam in der Skiferienwoche im März und wir mieteten uns für ein paar Tage eine Hütte am Berg Tahko in Ostfinnland. Er hatte den Wunsch geäußert, Langlaufski zu fahren, und in dieser Gegend gab es viele Loipen in unterschiedlichen Schwierigkeitsstufen. Juha, Sofia und Anna hatten am ersten Tag mehr Lust zum Abfahrtskilaufen, und so begannen wir unsere Skitour zu zweit. Wir hatten uns schon am Vortag für eine Route zu einer nahegelegenen Insel entschieden, die über den zugefrorenen See führte. Insgesamt würden es etwa zwanzig Kilometer werden.

Am frühen Vormittag legten wir los, mit Kaffee, Schokolade und Butterbrote im Rucksack. Die Skier waren frisch gewachst und warteten vor der Hütte. Das Wetter war fantastisch: ein wolkenloser Himmel bei minus drei Grad Frost.

Es klappte gut. Max hatte das Skilaufen schon einmal in Norwegen geübt und er hatte schon nach kurzer Zeit den Rhythmus raus. Wir folgten den Wegweisern, die auf dem zugefrorenen See ins Eis gesteckt worden waren. Nach einer knappen Stunde verlangsamte sich das Tempo und wir entschieden uns für eine Pause. Auf einem nahegelegenen Hügelchen wartete ein Pavillon auf uns, wo wir die Skier abschnallten, uns ein wenig die Füße massierten und unseren Proviant verspeisten.

Gesund sah er aus, der spitzbübisch grinsende Max mit seinen Sommersprossen, den geröteten Wangen und dem kurzgeschorenen Haar mit dem lustigen Wirbel über der Stirn.

Max ist ein furchtloser, weltoffener Entdecker mit einer unvoreingenommenen Lebenseinstellung. Im Gegensatz zu vielen anderen Jungs in seinem Alter interessiert ihn Social Media nicht die Bohne. Er bastelt lieber an seinem Fahrrad herum oder baut seiner Mutter ein Gewächshaus.

Jetzt legte er sich in den Schnee und fabrizierte mehrere Engel, indem er Arme und Beine bewegte. Es begann leicht zu schneien. Max schaute auf dem Rücken liegend in den Himmel und fing mit der Zunge ein paar Schneeflocken auf. Er schaffte den Rückweg trotz Gegenwind und Schneefall problemlos und beschwerte sich kein einziges Mal, obwohl er eindeutig schon sehr müde war.

Es fühlte sich schön an, nach einem Skitag zu duschen, dann die Beine vor dem prasselnden Kaminfeuer auszustrecken und heißen Kakao zu trinken. Max aß an jenem Abend eine dreifache Portion Makkaroniauflauf, trank einen Liter Milch und schlief in der darauffolgenden Nacht vierzehn Stunden.

In den nächsten Tagen machten wir kürzere Touren und spielten viel Karten. Wir probierten bei uns auf dem Fluss die Schneeschuhe aus und unterhielten uns über seinen Sommer in Grönland, wo er bei einer Inuit-Familie gewohnt hatte. Einmal las er auf dem Sofa ein Buch, und um den Gemütlichkeitsfaktor zu vergrößern, wurde er noch in eine Decke aus gehäkelten und gestrickten bunten Flicken eingepackt.

»Schön ist die«, fand Max.

»Wir könnten dir ja auch eine machen! Kannst du denn häkeln?«

»Nö, aber das kannst du mir ja beibringen.«

Und so begann Max, Wollflicken zu häkeln. Er war ziemlich begabt, innerhalb von zwei Tagen hatte er schon mehrere Flicken fertigbekommen, und ich schenkte ihm einen Haufen mit etwa zehn Stücken, die vom letzten Projekt übriggeblieben waren.

»Du kannst ja auch deine Verwandten fragen, ob sie mitmachen.«

»Nö. Wir nehmen nur deine und meine Flicken. Das ist unsere Decke.«

Lächelnde, grün schillernde Schmetterlinge hoben im Bauch behutsam zum Flug ab.

Max bekam einen Häkelhaken und mehrere Woll-knäuel mit auf die Heimreise. Auch im Zug und im Flug-zeug häkelte er. Er schickte mir von unterwegs mehrere Zwischenberichte in Form von Fotos.

An einem Frühlingstag wartete im Hausflur ein Paket auf eine Reise zu Max nach Dänemark. Es war mit Mumin-briefmarken beklebt und enthielt vierundzwanzig Woll-flicken, eine Geburtstagskarte und Schokolade. Schon bald brauste es auf dem Gepäckträger von Theodor, dem dunkelgrünen Herrenrad, in Richtung Postamt.

Der Mann mit dem Zwirbelbart

Die Eisenbahnschranke schloss sich langsam mit einem höllischen Geklingel und rot blinkendem Warnlicht. Ein Zug mit einer Holzladung näherte sich und tuckerte vorbei. Ein warmer Windschwall flog heran, bewegte den Saum des Frühlingskleides und zerzauste mir das Haar. Kleine Sandkörnchen wirbelten durch die Luft und schwebten auf Lenker und Sitz des Fahrrads. Der Zug war ein überdimensional langer Holzwurm, der sich durch die Landschaft schob und gar nicht mehr enden wollte. Schließlich fuhr der letzte Waggon vorbei. Dort saß ein Mann auf dem Treppchen in einem Arbeitsoverall. Er hatte einen prächtigen, grauen, gezwirbelten Schnurrbart und freundliche Augen. Wir winkten uns zu und lachten.

»Das Leben ist schön, oder?« rief er mir zu.

»Ja!«

LENA SEGLER

wuchs zweisprachig in einer deutsch-finnischen
Familie auf und zog nach ihrem Studium der
Nordischen Philologie, Slawistik und Philosophie
nach Finnland, wo sie nun schon seit über zwanzig
Jahren lebt. Sie promovierte und veröffentlichte
auf Finnisch wissenschaftliche Bücher über
Pädagogik und Kommunikation, außerdem arbeitete
sie als Lektorin, gymnasiale Schulleiterin und
Hochschuldozentin. Lena Segler ist verheiratet
und hat zwei erwachsene Töchter.

© 2022 by Thiele Verlag in der
Thiele & Brandstätter Verlag GmbH, Wien

Texte und Illustrationen von Lena Segler
Gestaltung und Satz von Christina Krutz
Coverbild von Lena Segler
Druck von Longo, Bozen

ISBN 978-3-85179-518-9

www.thiele-verlag.com